古典诗文述略

吴小如 著

北京出版集团公司
北京出版社

图书在版编目（CIP）数据

古典诗文述略／吴小如著. — 北京：北京出版社，
2016.2
（大家小书）
ISBN 978 - 7 - 200 - 11485 - 0

Ⅰ. ①古… Ⅱ. ①吴… Ⅲ. ①古典诗歌—诗歌评论—
中国 Ⅳ. ①I207.2

中国版本图书馆 CIP 数据核字（2015）第 166165 号

总 策 划　安　东　高立志
责任编辑　严　艳
责任印制　宋　超
装帧设计　北京纸墨春秋艺术设计工作室

· 大家小书 ·

古典诗文述略
GUDIAN SHIWEN SHULÜE

吴小如　著

＊

北京出版集团公司
　　　　　　　　　　出版
北京出版社

（北京北三环中路 6 号）
邮政编码：100120

网　　址：www. bph. com. cn
北京出版集团公司总发行
新 华 书 店 经 销
三河市同力彩印有限公司印刷

＊

880 毫米 ×1230 毫米　 32 开本　 6.375 印张　 180 千字
2016 年 2 月第 1 版　 2023 年 2 月第 3 次印刷
ISBN 978 - 7 - 200 - 11485 - 0
定价：39.00 元
质量监督电话：010 - 58572393

序　言

袁行霈

　　"大家小书"，是一个很俏皮的名称。此所谓"大家"，包括两方面的含义：一、书的作者是大家；二、书是写给大家看的，是大家的读物。所谓"小书"者，只是就其篇幅而言，篇幅显得小一些罢了。若论学术性则不但不轻，有些倒是相当重。其实，篇幅大小也是相对的，一部书十万字，在今天的印刷条件下，似乎算小书，若在老子、孔子的时代，又何尝就小呢？

　　编辑这套丛书，有一个用意就是节省读者的时间，让读者在较短的时间内获得较多的知识。在信息爆炸的时代，人们要学的东西太多了。补习，遂成为经常的需要。如果不善于补习，东抓一把，西抓一把，今天补这，明天补那，效果未必很好。如果把读书当成吃补药，还会失去读书时应有的那份从容和快乐。这套丛书每本的篇幅都小，读者即使细细地阅读慢慢地体味，也花不了多少时间，可以充分享受读书的乐趣。如果把它们当成补药来吃也行，剂量小，吃起来方便，消化起来也容易。

我们还有一个用意，就是想做一点文化积累的工作。把那些经过时间考验的、读者认同的著作，搜集到一起印刷出版，使之不至于泯没。有些书曾经畅销一时，但现在已经不容易得到；有些书当时或许没有引起很多人注意，但时间证明它们价值不菲。这两类书都需要挖掘出来，让它们重现光芒。科技类的图书偏重实用，一过时就不会有太多读者了，除了研究科技史的人还要用到之外。人文科学则不然，有许多书是常读常新的。然而，这套丛书也不都是旧书的重版，我们也想请一些著名的学者新写一些学术性和普及性兼备的小书，以满足读者日益增长的需求。

"大家小书"的开本不大，读者可以揣进衣兜里，随时随地掏出来读上几页。在路边等人的时候、在排队买戏票的时候，在车上、在公园里，都可以读。这样的读者多了，会为社会增添一些文化的色彩和学习的气氛，岂不是一件好事吗？

"大家小书"出版在即，出版社同志命我撰序说明原委。既然这套丛书标示书之小，序言当然也应以短小为宜。该说的都说了，就此搁笔吧。

小　序

赵　娜

　　出版社鉴于我对吴先生的了解，约我写点文字。作为一个小字辈，本是没有资格为吴先生的书作序言的。因此提起笔来，诚惶诚恐。

　　与吴先生结缘是因为作者与编辑的往来，从我初到出版社的一两年，参与编辑《古典诗词札丛》《古文精读举隅》，开始接触先生的书稿。接下来的十几年间，先后编辑出版了《中国文史工具书举要》《吴小如戏曲随笔集》《续集》《补编》《手录宋词》《录书斋联语》《书法选》《讲孟子》《讲杜诗》等书。2014 年出版《演讲录》之前，先生匆匆走了。留下一部《学术札丛》的修订版在我手里，今年年底有望付梓。粗粗算来我已经给吴先生做了十几本书，荣幸之至。每每回忆起先生教诲的情景，心情都不能平静。

　　吴先生是一位能从先秦讲到近代的通才，由其执笔的文学史，学生们一直很买账。他擅长讲课，语言风趣，声如洪钟，旁征博引，深受学生欢迎。不止一位学者在文中回忆过学生时代听吴先生上课时难忘的场面，几十年后依然历历在目。怎样阅读古典诗文，是一个我们都会遇到的老问题。那么，这本吴小如先生的《古典诗文述略》可以为读者起一个向导的作用。读者通过阅读《述略》之后，对某一阶段的诗文作品有了粗浅的一条线的了解，再读自己感兴趣的选本或者某一个作家的集子，这样往往会循序渐进，事半功倍。而具体读古典文学作品，吴先生主张通训诂，明典故，察背景，考身世，揆情度理。这些对一般读者来说，似乎有些高，但是要真的弄懂诗文的意思，又是绕不过去的。具体的例子，有兴趣的读者可以参阅文章《中国古典诗词的阅读与欣赏》（《吴小如演讲录》，天津古籍出版社，2014 年 8 月）。

吴先生主张实践，读诗之外也作诗。2013 年他以九十一岁高龄获得"子曰"诗人奖。他的诗集《莎斋诗剩》2014 年在作家出版社出版。在作诗上，吴先生主张"三要""三不"。"三要"即：写出的诗要有诗味儿，写旧体诗词要讲究格律，要押韵；"三不"即：作诗不急于求发表，写不出来不勉强硬凑，不写无内容无新意的诗 。在当今浮躁的大环境下，他的话如一副清凉剂，令人警醒。

《古典诗文述略》作为一本古典诗文普及读物,自20世纪八九十年代问世以来,一版再版,可见受读者欢迎的程度。但是,美中不足的是,缺少宋至清的诗歌词曲概述文章。吴先生一直深以为憾,1991年再版时增补进去《说"赋"》、《宋诗导论》、《历代小品大观》序言三篇,算是一个补充。另外,吴先生推荐了三部研究古典诗文的著作,在这里不妨再介绍一下:胡明的《南宋诗人论》(台湾学生书局1990年出版)、陶尔夫的《北宋词坛》(山西人民出版社1986年出版)、朱则杰的《清代诗歌史》(江苏古籍出版社1991年出版)。如今,这样的参考书更多了,在这里就不饶舌了。

真心希望这个小册子能够给读者以帮助,我想这是吴先生最欣慰的吧。

乙未谷雨于沽上

目　录

古诗述略

一

　　文学艺术起源于劳动，这是马克思主义文艺理论的基本常识。而民间口头诗歌创作又是人类语言艺术的开始。世界上一切民族的文学都是从诗歌创作开始的。根据恩格斯的论证，人类由于劳动，使脑髓和感觉器官有了进一步的发展，从而产生发音清晰的语言①；而诗歌的起源则应远溯到发音清晰的语言产生之前的时代。最初的人类靠着集体劳动与大自然进行了艰巨的斗争。在集体劳动过程中，为了减轻疲劳和统一行动，以提高劳动的效率，便自然而然地伴随着劳动的节奏发出有节奏的声音，这就是我们今天所谓的"劳动号子"。这实际上就是诗歌的起源。鲁迅先生早在 1924 年讲《中国小说的历史的变迁》时就已提出了

---

① 见人民出版社 1962 年版《马克思恩格斯文选》两卷集第 2 卷第 84 页。

这个精辟的论点：

> 我想，在文艺作品发生的次序中，恐怕是诗歌在
> 先，小说在后的。……因劳动时，一面工作，一面唱
> 歌，可以忘却劳苦，所以从单纯的呼叫发展开去，直
> 到发挥自己的心意和感情，并偕有自然的韵调；……
> 所以诗歌是韵文，从劳动时发生的；……（《鲁迅全
> 集》卷八附录）

后来，鲁迅先生在《门外文谈》里把这个道理进一步做了
形象化的说明，这就是经常被文学史家引用的关于"杭育
杭育派"的一段话：

> 我们的祖先的原始人，原是连话也不会说的，为
> 了共同劳作，必需发表意见，才渐渐的练出复杂的声
> 音来，假如那时大家抬木头，都觉得吃力了，却想不
> 到发表，其中有一个叫道"杭育杭育"，那么，这就是
> 创作；大家也要佩服，应用的，这就等于出版；倘若
> 用什么记号留存了下来，这就是文学；他当然就是作
> 家，也是文学家，是"杭育杭育派"。（《鲁迅全集》卷
> 六《且介亭杂文》）

鲁迅的话是根据《淮南子·道应训》里说的"今夫举大木

者，前呼'邪许'，后亦应之，此举重劝力之歌也"① 的一段记载而加以引申发挥，并且做了历史唯物主义的说明，因此它是可信的。"杭育"和"邪许"虽是"单纯的呼叫"，但其中已包含着人类"孕而未化"的诗歌语言。② 随着人类的进化，这种"单纯的呼叫"逐渐有了表达自己心意和感情的内容。随后产生了发音清晰而意义却十分简单的语言，这种语言在劳动号子中最初只是从属部分。后来，由于思维能力和语言在劳动实践中日益发展，加到劳动号子中的语言成分内容日益丰富，因而它所表达的人们的心意和感情也就日益复杂起来。这时，有思想内容的语言部分终于上升为诗歌的主体，而原来的"单纯的呼叫"反而退居为诗歌的从属部分了。但是这种表示声音的从属部分，随着时代进化而经过多次演变，尽管是"单纯的呼叫"，却还在诗中保持着一定的地位。先秦古诗中有不少带有专用于诗歌的语气词（如"兮""猗""些""只"等）的诗句，这些诗句读起来都带有强烈的原始歌谣的气息，正是这种原始的"单纯的呼叫"的遗迹。

尽管诗歌的产生早于散文、小说，但古代流传下来的最早的文字材料，如卜辞和金文，其中却没有诗歌的记录。这大约由于诗歌是口头创作，只借助于语言而本不依赖文

---

① 在《淮南子》以前，《吕氏春秋·淫辞篇》中已有同样的记载，但无末一句话，所以未加引用。

② 参阅闻一多《歌与诗》一文，见《神话与诗》第 181 页。

字，而龟甲和铜器上的文字又各有专用，原不是记载诗歌资料的工具。至于受生产力的限制，当时文字刻写艰难，自然也是使诗歌不易流传下来的原因之一。因此，在我国第一部诗歌总集《诗经》以前的远古诗歌，传世的为数极少。有些显而易见是后世依托伪造的（如汉魏古书中有些相传为尧舜时代的诗歌，如《击壤歌》《卿云歌》《南风歌》等，都出于伪造，不足信）。只有《周易》《礼记》《吴越春秋》等极少的几部书中保存了点滴材料。如东汉赵晔编著的《吴越春秋》中记录了一首《弹歌》，还勉强可以说比较真实地反映了原始社会的生活。

断竹，续竹。

飞土，逐肉。

这首歌相传是黄帝时代的作品，用单纯朴素的两字一拍的简短语言，写出了原始人类用最简单的武器——弹弓——进行射猎的过程，显然是渔猎时代生活的反映。另外，在《周易》中也保存了少量的比较原始的民歌，如《归妹》上六的一首：

女承筐，无实；

士刲羊，无血。

这是写男女两人在进行剪羊毛的劳动，女的端着竹筐承接着仿佛没有重量的羊毛，男的正拿着剪刀从羊身上轻快地剪过，看去像是宰羊，却丝毫没有损伤羊的皮肉。寥寥数语，不仅勾画出了古代劳动者的形象，而且构思很巧，有相当的艺术性。《周易》是殷周时代卜筮的底本，这首短诗最迟也是殷代的作品。

在《礼记·曲礼》里还有一段记载："邻有丧，舂不相。里有殡，不巷歌。适墓不歌，哭日不歌。"据旧注，"相"是"送杵声"，又说："相，谓以音声相劝。"《曲礼》把"相"和"歌"相提并论，可见"相"也是一种"劝力之歌"，但内容可能比扛木头时的号子要复杂一些。《汉书·艺文志》有《成相杂辞》十一篇，已失传。但《荀子》书中还保留着一篇《成相》，是以三、三、七、四、七言句式写成的组歌，大约就是荀况本人根据民间舂米歌的形式进行摹制的诗歌作品。那么最早的"相"可能也是有歌辞的了。

从以上所引的短诗和有关材料来看，最早的诗歌和劳动的关系是十分密切的，这有力地说明诗歌确是起源于劳动。另外，从诗歌形式的发展来看，最初的诗歌以两字一拍，即二言句式为主；到了周代，才发展为比较成熟的四言（如《诗经》里绝大部分是四言诗）；到了战国后期，又逐渐向杂言发展（如《荀子》中的《成相》）。这种现象，是符合韵文的发展规律的。

谈到诗歌的起源，还要补充两点：一、诗歌同音乐、舞蹈基本上是同时产生的，并且三者紧密结合，用来反映劳动生活，为劳动生产服务；二、诗歌的起源和原始宗教的关系也十分密切。关于第一点，《吕氏春秋·古乐篇》里说：

> 昔葛天氏之乐，三人操牛尾，投足以歌八阕：一曰载民，二曰玄鸟，三曰遂草木，四曰奋五谷，五曰敬天常，六曰建（一本作"达"）帝功，七曰依地德，八曰总禽兽（一本作"万物"）之极。（引文据毕沅校证本）

所谓"操牛尾，投足以歌"，正是诗、乐、舞三位一体，紧密结合的明证。上面所引的扛大木和春米的这些劳动，其动作本身就是一种舞蹈。这里"八阕"的名称显然是后人加上去的，但从它们的内容来看，不外乎狩猎、牧畜、耕稼等方面，再加上对"天"和"帝"的感戴和歌颂（这就是宗教因素），可见我们的祖先在进行艺术活动的时候，并没有脱离实际生活的功利目的，而是紧紧地围绕着劳动生产进行的——或是生产行为的再现，或是劳动过程的回忆。这就势必边唱边舞才能具体反映出来。至于用诗歌作为单纯抒情状物的工具，并与乐、舞逐渐分离，那已是很晚的事情了。

关于第二点，鲁迅在《中国小说的历史的变迁》里曾说：

> ……因为原始民族对于神明，渐因畏惧而生敬仰，于是歌颂其威灵，赞叹其功烈，也就成了诗歌的起源。

这从上引《吕氏春秋》的"八阕"的名称中已经得到证明。在记录殷代卜辞的甲骨文中，我们发现一个"奕"字。据近人王襄《簠室殷契征文考释》，这是"象两个人执氂牛尾而舞"之形，为"舞"之初文。而这个"舞"字的初文实际上同"巫"字就是一个字。《墨子·非乐上》里曾提到商代帝王荒淫逸乐，"其恒舞于宫，是谓巫风"。"巫"是原始宗教的产物，是"沟通"人与神之间的桥梁，后来就成了一些为宗教迷信服务的人的专职。照《墨子》的说法，这种人还应该是贵族奴隶主宫廷中的演员。他们除搞宗教迷信外，还必须能歌善舞，在迎神祭赛时扮成神的形象来进行表演。据近人考证，《楚辞》里《九歌》十一首，就是由男女巫觋在表演的同时所歌唱的祀神曲。《礼记·郊特牲》中有一首《蜡辞》，据说是上古伊耆氏①在进行蜡祭时的祝辞：

---

① 伊耆氏一作伊祁氏，有的旧注说这是尧的姓，也有的旧注却说就是神农氏。

> 土反其宅！
>
> 水归其壑！
>
> 昆虫毋作！
>
> 草木归其泽！

从形式看，这首诗已属于四言句式的范畴，可能在修辞方面已经过周代人的加工；但从内容看，这四句诗完全是命令语气，让土、水、昆虫和草木各自回到它们应该去的地方，显然歌唱者把这首祝辞当成了宗教咒语，把幻想当成真实，对人类本身的意志充满了自信。这完全符合原始社会劳动人民的精神状态。据《郊特牲》里的描写，蜡祭是祭祀天地百物的，是一种原始的宗教仪式。祭祀时敲着鼓，唱着祝辞，迎来了巫扮的神，以祷祝丰收。这个例子又一次证明了诗歌既与音乐、舞蹈三位一体，又同宗教有着密切的联系。

二

今天我们看到的最早的诗歌总集是周代的《诗经》。《诗经》原来只叫作《诗》，包括自公元前11世纪（西周初）至公元前7世纪（春秋中叶）共约五百年间的作品。公元前544年（鲁襄公二十九年），吴国的公子季札出使到鲁国，鲁国的乐工曾把保存在鲁国的各国乐章依次演奏给他听。根据《左传》的记载，当时所奏乐章的先后次序同现在传本《诗经》的篇次几乎是一致的，可见这部诗歌总集在公元前6世纪已经编纂成书了。它是以孔孟为代表的儒家学派必读的书籍之一，到了汉代，封建统治者为了尊孔，便把儒家学派所规定的几部必读书（《诗》《尚书》《礼》《易》《春秋》，即后世所谓"五经"）列为经典，于是《诗》也就一变而为《诗经》了。

《诗经》共有三百零五篇（统称"三百篇"，取其成数）计：十五国风共一百六十篇，大、小雅共一百零五篇，周、鲁、商颂共四十篇。所谓风、雅、颂都是音乐上的名词。因此"三百篇"本来都是能入乐歌唱的歌辞。"风"是地方乐调，所谓十五国风就是各国的民歌。但从现存的诗篇来看，国风中也不是没有当时统治者的作品。"雅"是"鸦"的古体字，和"鸟"本是一个字，是用来形容声音的。古人说秦声呜呜，"呜"字从"乌"字演化而来，和"雅"正是一个字。西周原在陕西建都，后因亡于犬戎，周平王宜臼迁都到河南洛阳，成为东周。春秋时代，秦国据有西周故都一带的领土，所谓"秦声"，实即周乐，也就是雅乐。"雅"又有"正"的意思，用今天的话说，"正"就是"标准"。周天子是当时的最高统治者，因此便把王都所在地的语言定为标准话（即所谓"雅言"），把当地的地方乐曲定为标准乐曲，即所谓"雅乐"。《诗经》中的"雅"，也就是指周代朝廷和贵族在宴享交际时歌唱演奏的诗歌和乐调。"雅"有大、小，大约也是根据乐调划分的，现在已很难具体说明它们的区别。不过从内容看，《大雅》的创作时代更早些，风格上更加贵族化，歌功颂德的作品更多，只有很少几首是统治阶级内部的人写来讽刺、揭露其本阶级的统治者的。《小雅》则除了那些描写宴享和歌功颂德的诗以外，还有一部分是模仿民歌的，讽刺诗的数量比《大雅》多，语言也更浅显通俗一些。《雅》里的讽刺诗，前人称为"变雅"，"变"是"正"的对立面，意思是不够标准，大抵是当时统治阶级内部某些阶层较低、身份较贱、比较不得意的人为了揭露内部矛盾而作的。"颂"是"容"的古体字，"容"是"样子"或"姿态"的意思，是指舞姿、舞容而言的。因此颂就是舞乐，颂诗是祭祀宗庙时所歌的乐章，演奏时载歌载舞，其内容纯属庙堂文学。《颂》分周、鲁、商三部分，《周颂》是西周时代的作品，在《诗经》里最为古老；它们大部分连韵脚都不易考察。《鲁颂》是鲁国的作品，《商颂》是殷商的后代宋国的作品，它们比《周颂》《大雅》《小雅》的写作时代要晚一些。后世有人认为《商颂》是商代的作品，显然是错了。

从十五国风的地区范围看，最南的是周南、召南，达到今天湖北的江汉流域；最北的是邶、鄘、卫，达到今天的河北省南部；最东的是齐，达到今天的山东省；最西的是豳，达到今天的甘肃省东部。其他的王（即东周）、郑、魏、唐、秦、陈、桧（即郐）、曹诸国，则分布于今河南、山西、陕西等属于黄河流域的地区。我们不禁要问：一、古代交通阻塞，是靠什么条件和力量把这么广大的区域里的民歌搜集起来的？二、搜集民歌的主持者是谁？收集起来干什么？

这就涉及周代采诗的问题。据两汉古书记载，周代是有采诗的制度的。最高统治者为了"观民风""知得失"，想要考察当时各个阶层的人对统治者的政治措施有什么反应，便派人到各地去搜集民间歌谣，以便了解社会上的思想动向。比较聪明的统治者自然懂得：人心的向背同他们统治地位牢固与否是密切相关的。鲁迅在《门外文谈》里有一段论及《诗经》的话是十分精辟的：

就是《诗经》的《国风》里的东西，好许多也是不识字的无名氏作品，因为比较的优秀，大家口口相传的。王官们检出它可作行政上参考的记录了下来，此外消灭的正不知有多少。

所谓"王官们检出它可作行政上参考的记录了下来"，正是指当时的统治阶级对民歌的搜采和整理。我们认为，只有靠最高统治者（天子和诸侯）的权力机构进行大力搜采，才有可能把广大地区的民间风谣收集到一起，而采诗的目的则是为了巩固统治政权，保护剥削者的利益，绝对不是为了广大人民。当时的统治者为了维护其统治的纲纪，显示自己的尊严，并进一步来束缚被统治者的思想，于是才从事于制礼作乐的工作。而《诗经》一书，正是为了适应统治者制礼作乐的需要才被保存下来的。

附带谈一下删诗的问题。据《史记·孔子世家》说，古诗原有三千余篇，现在的三百篇是由孔子删订的。这话不可信。上面说到的吴季札观乐的事就是一个有力的反证，因为公元前544年孔子才八岁。何况孔子自己屡次说"诗三百"，后来墨子、庄子、荀子也屡说"诗三百"，可见"三百篇"在当时早已成为定型，不是孔子一个人或儒家一个学派所能垄断或改变得了的。如果承认孔子删诗确有其事，实际上反而夸大了孔子对当时学术文化所起的作用。

然而现存的"三百篇"倒确是经过一番整理和加工的。郭沫若在《简单地谈谈诗经》一文中说：

> 风雅颂的年代绵延了五六百年，《国风》所采的国家有十五国，主要虽是黄河流域，但也远及长江流域。在这样长的年代里面，在这样宽的区域里面，而表现在诗里的变异性却很小。形式主要是用四言，而尤其值得注意的，是音韵差不多一律。音韵的一律就是在今天都很难办到，南北东西有各地的方言，音韵相差甚远。但在《诗经》里却呈现着一个统一性。这正说明《诗经》是经过一道加工。古人说孔子删诗，虽然不一定就是孔子，也不一定就是孔子一个人，但诗是

经过删改的东西，这形式音韵的统一就是它的内证。此外，如《诗经》以外的逸诗，散见于诸子百家里的，便没有这么整齐谐适，又可算是一个重要的外证了。

（《雄鸡集》第 169 页）

根据前面所引的鲁迅的话，可见远在《诗经》结集以前，原来流传在民间的诗篇，经过统治阶级权力机构的有意删汰和由于他们的漠视，消灭和亡佚的数量"正不知有多少"。从这个角度来看，被删弃的又何止数以千计呢！

在我国文学史上，对于《诗经》的评价问题，也是一直有争论的。封建士大夫在儒家正统思想的影响下，或者把"三百篇"看成"修身、齐家、治国、平天下"的教条，用"《关雎》后妃之德"这一套呓语来解释那些"里巷歌谣之作"；或者宣扬"温柔敦厚诗教也"（《礼记·经解》）的封建文艺观，用"哀而不伤""怨而不怒""怨诽而不乱"之类的话来解释《诗经》，抹杀了诗歌的战斗性和揭露社会黑暗面的作用。全国解放以后，一些研究者又过于强调《诗经》是古典文学中现实主义传统的源头，而忽视了其中还有相当数量的糟粕，甚至有人把糟粕也当成精华。因此，重温一下列宁有关"两种文化"的理论还是非常必要的。列宁认为：

每个民族的文化里面，都有一些哪怕是还不发达的民主主义和社会主义的文化成分，因为每个民族里面都有劳动群众和被剥削群众，他们的生活条件必然会产生民主主义的和社会主义的思想体系。但是每个民族里面也都有资产阶级的文化（大多数的民族里还有黑帮和教权派的文化），而且这不仅是一些"成分"，而是占统治地位的文化。因此，"民族文化"一般说来是地主、神甫、资产阶级的文化。（《关于民族问题的批评意见》，《列宁全集》中文版第二十卷）

根据列宁的理论，我们懂得，在我国古代奴隶社会和封建社会中，占统治地位的是剥削阶级的文化，即奴隶主阶级文化和封建文化。但在每个历史阶段中，每个民族里面既然有被剥削、被统治的劳动群众（包括奴隶和农民），那么在他们的生活条件下必然会产生具有民主性的文化成分，有着劳动人民自己的思想体系。尽管这种文化成分比重较小，很不发达，但肯定是有的。同时，这种人民的文化又必然受时代的制约和阶级觉悟的制约，因此即使是民主性的精华，也会有时代和阶级的局限性。《诗经》中的三百篇作品本身，自然也毫无例外地包含着这两个方面，即剥削阶级的文化和被统治、被剥削阶级的劳动群众的文化。我们可以说，《诗经》中有为统治者歌功颂德的作品，也有为劳动群众鸣不平的作品。这种情况，历代封建统治阶级的文人学者（包括儒家孔孟的忠实信徒如朱熹在内）是意识到了的，也是不讳言的。

先说反面的作品。这主要是雅、颂中的大量诗篇和《国风》中的一小部分。它们是为剥削阶级唱赞歌的。有的诗是奴隶主颂扬自己祖先的"盛德"和"武功"，有的则是夸耀统治阶级如何爱民和治民的政绩，目的是为了让被统治者感恩戴德。这些作品，大都是贵族统治者在祭祀和宴享时用来敬神和娱宾的。其中如《大雅》中的《生民》《公刘》《绵》《皇矣》《大明》这五首诗，过去不少文学史的作者和某些《诗经》选本的编者，往往套用欧洲资产阶级学者衡量希腊、罗马作品的标准，强调它们是周民族的英雄史诗，认为诗中描写的内容可以鼓舞后世读者的爱国热情。其实这些诗都是周代奴隶主为他们的祖先树碑立传的作品，尽管其中保存了一些神话传说和历史事实，但主要的却是充满了美化、神化贵族统治者的描写，通过夸大死者的功绩来制造舆论，以达到树立现存的统治者的威望的目的，实在说不上是什么"史诗"。还有一些祭神时诵奏的乐歌，如《小雅》中的《楚茨》之类，其内容主要是描写祭神的仪式和对统治者的善颂善祷，简直没有什么诗味。这种无聊的颂圣诗篇，即使在《国风》里也是有的，如《周南》中的《樛木》《螽斯》《麟之趾》等，都属于这一类。

另外，在所谓"变风"（即《国风》中的大部分）和"变雅"（即大、小《雅》中的一部分）里，却有着不同的内容。这些属于"饥者歌其食，劳者歌其事"的诗篇，包括一部分统治阶级内部等级较低下的人们揭露统治者罪恶的作品（如《大雅》的《桑柔》和《小雅》的《正月》《十月之交》《巷伯》等），是闪烁着民主性的思想光辉的。其中有的是劳动者反对沉重的剥削（如《魏风·硕鼠》）；有的是抗议剥削者的不劳而获（如《魏风·伐檀》）；有的是控诉剥削阶级对剥削者的尽情搜括，造成两者之间的贫富悬殊（如《小雅·大东》）；有的是下层小官吏受着王室的逼迫，苦于劳碌的行役（如《小雅·北山》），而这些小官吏们的家庭却过着贫困的生活（如《邶风·北门》）。有的写女子想念远征的丈夫（如《卫风·伯兮》），有的写战士怀念久别的乡土和妻室（如《豳风·东山》），反映出在战乱频仍的社会中下层人民所受的苦难。同样是征伐俨狁的题材，《小雅》里的《采薇》写的是战士在征途中和戍守时的辛劳，《六月》则写的是统治阶级的勋业。前者悲凉感人，后者就枯燥乏味。《诗经》中有不少反映下层妇女的诗篇，体现了作者们带有民主性倾向的妇女观。《周南·茉苢》和《魏风·十亩之间》描写了民间妇女健康优美的劳动生涯，而《卫风》的《氓》和《邶风》的《谷风》，则控诉了男子的负心并倾吐了弃妇的酸辛不平。在《国风》里对爱情问题的爱憎倾向也是鲜明的：《召南·野有死麕》《邶风·静女》《王风·大车》都是民间传唱的大胆泼辣、热情洋溢的恋歌，写得清新饱满，栩栩有生气；而对贵族统治者的荒淫无耻，则进行了辛辣的讽刺（如《齐风·南山》和《邶风·新台》）。总之，《诗经》中这一部分优秀作品奠定了我国古典诗歌的优良传统，成为文学史上一批可贵的遗产。

但是不容讳言，就在《诗经》里思想性最强的诗篇如《伐檀》《硕鼠》等，也还存在着一定的局限性。《伐檀》的作者把希望寄托在理想的统治者、所谓"不素餐"的"君子"的身上①，而《硕鼠》的抒情主人公则幻想着避开眼前悲惨的处境而投身于虚无缥缈的"乐土"。《豳风》的《七月》细致地描绘了农奴们一年到头辛勤的劳动，是一首难得的作品；但在结尾处却写到这些被剥削者高高兴兴到"公堂"（古代农村中公共集会场所）上为他们的"主人"（剥削者）称觥祝寿，这就掩盖并抹杀了"无农无褐"的劳动者和披裘饮酒的剥削者之间尖锐而深刻的矛盾对立。此外，在大量反映劳动者的悲惨生活和小官吏们艰难处境的诗中，也是以泣诉怨慕的哀吟为主要基调，那种激昂慷慨、敢怒敢言的反抗呼声毕竟是不多的。这大约就是《诗经》所以能被当时的统治阶级以及以孔子为代表的儒家学派接受的原因吧。

从《诗经》的艺术性来看，也完全可以说明上述两类

---

① 近人把《伐檀》一诗每章的末两句中的"君子"都解释为作者讽刺的对象，恐非诗人原意，我是不同意这种讲法的。详见拙作《〈诗三百篇〉臆札》。

作品有着明显的优劣高下的不同。最古老的《周颂》，歌词空洞，内容贫乏，结构不分章节，用韵也很参差，艺术上十分幼稚。其他如《鲁颂》《商颂》《大雅》中的大部分诗篇，则无论结构和修辞都显得板滞生硬，缺乏变化和新鲜的感觉。过去的人把这种凝滞板重的风格说成"雍容典雅"①，其实这种官气十足的堆砌辞藻的庙堂文学正是我们应该加以批判和扬弃的东西。而《国风》中的大部分和二《雅》中一部分优秀作品，虽然基本上还是四言句式，但变化很大，结构上章节有重叠反复的特色，语言也显得清新活泼，明快爽朗。像《郑》《魏》诸风中不少篇章，这种特色尤其明显。内容决定形式，这在《诗经》中是有案可查的。

这里顺便谈谈从《诗经》开始的诗歌艺术的表现手法，即赋、比、兴的问题。"赋"是直陈其事（朱熹《诗集传》："赋者，敷陈其事而直言之者也"）；"比"是以彼喻此（朱熹说："比者，以彼物比此物也"）；"兴"是以由此及彼，借可以引起联想的事物来暗示或引导读者去联想或领会诗中所要表现的是什么（朱熹说："兴者，先言他物以引起所咏之辞也"）。如《硕鼠》的开头："硕鼠硕鼠，无食我黍。"用硕鼠比喻贪婪的剥削者，这就是"比"。而《关雎》

---

① 所谓"典雅"，即取《尚书》中《尧典》《舜典》的"典"字和《诗经》中《大雅》《小雅》的"雅"字所合成的状词，因此它包含有古奥艰深的意思。现已成为一个带有贬义倾向的词了。

的第一章，用河洲的一对雎鸠引起下文的"窈窕淑女，君子好逑"，这就是"兴"。"兴"介于"比"和"赋"之间，也有"比"的成分，因此后世往往以"比兴"连称，作为传统艺术手法的一个专门词语。在《诗经》中，《国风》多用"比兴"手法。这种因物起兴、触景生情的形象化表现手法，利用人民日常生活中所习见的事物和景象来引起感情的抒发，可以使读者产生亲切而具体的感受，正是我国诗歌艺术的传统特色，特别在民歌里用得更加广泛。这种手法直到今天还很流行。至于《雅》《颂》中的大部分作品，则多用赋的手法，直陈其事，而这种手法原是比较呆板单调、枯燥乏味的。这样，《大雅》和三《颂》基本上就成为后世贵族统治阶级庙堂文学和铺张扬厉的颂圣文学的始祖，它的嫡系就是汉代的封建正统文学——汉赋。

三

东周以后，由于奴隶制逐渐解体并向封建制转化，社会上发生了急剧变化。周王朝既已衰微，政令已不能出国门，诸侯便也各自为政，原来的采诗制度也就不复存在，而民间的风谣也就不再被人收采，这就是《孟子》里所说的"王者之迹熄而诗亡"①。直到战国中期，由于楚国的大诗人屈原的出现，才打破了诗坛荒凉沉寂的局面。

屈原的作品（也包括屈原的追随者和摹拟者的作品）被西汉的学者刘向收在一部题为《楚辞》的书里。到了东汉，王逸给《楚辞》作注，书名《楚辞章句》，这就是我国继《诗经》之后的另一部诗歌总集。"楚辞"既是书名，也是文体的名称，而这种文体是有它的特色的。宋人黄伯思在《翼骚》的序言中曾说：

> 屈（原）宋（玉）诸骚，皆书楚语，作楚声，纪楚地，名楚物，故可谓之"楚辞"。若些、只、羌、谇、蹇、纷、侘傺者，楚语也；悲壮顿挫，或韵或否者，楚声也；沅、湘、江、澧、修门、夏首者，楚地也；兰、茝、荃、药、蕙、若、芷、蘅者，楚物也。

所谓"楚语"，即指楚国的方言②，而在每句或每两句中间必带"兮"字，显然是根据楚国方音而形成的一种歌唱方式，即所谓"楚声"。这就使得作品中地方色彩异常浓厚。更重要的，乃是《楚辞》中保留着相当数量的神话传说，

---

① 清代很多文字学家都认为"迹"是"辿"（音基）的假借字。"辿人"就是采诗的专门使者。

② 据郭沫若《屈原研究》，仅屈原作品中所使用的显然是属于楚国方言的词汇，就有二十四例。"离骚"一词即其一。

不但想象力瑰奇丰富，而且辞采富赡，色泽鲜明。这种浪漫主义精神和夸张炫耀的手法构成了"楚辞"这一文体的独特性。

《楚辞》中的诗篇是封建社会形成后的产物。战国时代百家争鸣，各种学术流派一时并起，思想非常活跃。作为每一学派的代表人物，为了争取更多的人拥护和赞助，都纷纷著书立说。从这时起，在各种著作上就开始标出各家代表人物的名字。这个风气也影响到文学著作——《楚辞》。也正是从这时开始，人们才能够根据作品中所反映的内容来分析、考察作家的生平和思想。这就叫作"知人论世"。这样，我们必须先谈谈《楚辞》的主要作者——屈原。

关于屈原的生平，今天所能见到的完整史料是《史记·屈原列传》。但《史记》本身所存在的矛盾和问题已足以说明这部史学巨著并非百分之百的信史。这就造成了后世对屈原研究的众说纷纭的现象。这里只就其荦荦大端做简单扼要的说明，以供参考。

一、屈原名平，是楚国同姓贵族，最初任楚怀王的左徒（官名），以学识渊博、娴于辞令得到怀王信任。

二、不久楚怀王就听信谗谤疏远屈原，屈原被迫去职出走，流连于汉北一带。时约为公元前 313 年至公元前 312 年（楚怀王十六年至十七年）。

三、当时七雄争霸，齐楚联盟以御秦。屈原是亲齐派代表人物。屈原出走以后，楚怀王为群小包围，听信秦使臣张仪的主张，与齐断交。结果秦军伐楚，楚丧失了汉中一带土地。怀王复用屈原出使齐国，秦愿退还汉中，与楚议和。怀王不愿得地，只想杀掉张仪。但张仪到楚后，又贿赂上下，终于得释。屈原自齐返楚，曾谏怀王为何不杀张仪。这是公元前 310 年（楚怀王十九年）的事。传说屈原曾任三闾大夫，可能是之后一两年内的事。因为据《屈原列传》引《渔父》篇中的话，这是屈原最后的官职了。

四、公元前 305 年（楚怀王二十四年），楚又背齐与秦和亲。屈原既是亲齐派，可能就在这一年或这年以前被流放于鄂渚。因史书失载，只有阙疑。但从这以后到顷襄王即位，屈原的活动便不可考见。大约他已被流放在外了。

五、公元前 299 年，楚怀王入秦议和被拘，怀王长子顷襄王即位，幼子子兰为令尹。至公元前 296 年（顷襄王三年），怀王死于秦。屈原在顷襄王即位后，又因子兰的谗毁，被迫南迁。最后在湖南长沙附近的汨罗江怀石自沉而死。

六、关于屈原的生年，据近人考证，其上限为公元前 343 年（楚宣王二十七年），下限为公元前 335 年（楚威王五年）。其卒年，有人以为在公元前 296 年，即楚怀王死于秦的同一年；但也有人认为在公元前 278 年（顷襄王二十一年）。这一年秦将白起破郢都，楚国濒于灭亡，所以有人认为屈原因此而悲愤自杀。后一说虽较有权威性，但时间可能后延得太久了。看来在更多的材料发现以前，是很难得出精确结论的。

关于屈原的作品，今存二十五篇，符合于《汉书·艺文志》所载的数目。但其中的《远游》《卜居》《渔父》三篇，早经古今学术界公认是后人拟作，可存而不论。现将其他各篇逐一简介如下：

一、《离骚》。这是屈原的代表作，也是我国文学史上第一首长篇抒情诗。全诗三百七十三句共二千四百九十字。诗中反复陈述屈原自己的政治思想和遭受打击的痛苦，并运用富有浪漫主义情采的神话传说与幻想描写，循环往复地倾诉自己内心的思想感情。通篇共分三大段：第一大段（从开头到"岂余心之可惩"）由自己的家世说起，正面陈述自己的政治理想以及与当时贪污腐败的贵族统治集团的矛盾和斗争；第二大段（从"女媭之婵媛兮"到"余焉能忍与此终古"）假托女媭的劝阻，然后写自己上叩天阍、广求下女，通过浪漫主义手法极写自己不见容于君，不见知于世，实即第一大段的重复申诉；第三大段（从"索藑茅以筵篿兮"到"蜷局顾而不行"）写自己经过灵氛、巫咸的譬喻劝导，想去国远行，但到底还是不忍离开故国。最后用"乱辞"（尾声）点明这层意思，作为一篇主旨。此外，还需要说明几点：第一，据《屈原列传》，这一宏伟诗篇是屈原第一次被楚怀王疏远时所作，而不少人却认为这是屈原晚年被流放以后的作品。我们根据篇中"何离心之可同兮，吾将远逝以自疏"的话，认为作者在写《离骚》时尚未失去自由，不像之后被流放迁逐时以罪臣身份沿江南下的情况。因而主张沿用《史记》的说法，把《离骚》定为前期作品。第二，《离骚》中主要的政治理想是主张"举贤授能"，反对任人唯亲，这一思想是有进步意义的。第三，有一个时期，有的人认为由于屈原在作品中非常强调"规矩""绳墨"，主张遵循法度，又据《屈原列传》，他曾替楚怀王"造为宪令"，便强调他受法家思想影响很深，甚至干脆就把屈原列为"法家"一流；其实贯穿于《离骚》通篇的内容，是屈原屡称尧舜禹汤和周文王为贤圣之君，而以桀纣比喻现实生活中的昏君暴主，并力主修身洁行，用自己高尚的情操和完美的品德来与当时属于罪恶腐朽的反动贵族统治集团势力相对抗。从他的世界观的实质看，屈原还是一个受儒家思想影响较深的人。第四，《离骚》中眷恋祖国、热爱乡土的思想，关心国家前途的命运，主张正直无私而反对群小贪污享乐，这是应该肯定的；但诗中同时充满了忠君观念，以及从个人出发的无可奈何的悲观绝望，则显然是屈原作为一位贵族官僚的阶级局限，应该加以指出并有所批判。

二、《九歌》。《九歌》本是上古歌曲的旧名，这里是沿用。这组诗共十一篇，都是祀神曲。它们的顺序是：《东皇太一》《云中君》《湘君》《湘夫人》《大司命》《少司命》《东君》《河伯》《山鬼》《国殇》《礼魂》。这些曲子大抵是流传在楚国民间各地的祭歌，最初大约是无名诗人的作品，不一定是屈原的创作。但从它们高度的艺术成就来看，很可能经过像屈原这样的诗人的加工整理。所以自汉代的刘向、王逸直到宋代的朱熹，都认为《九歌》是屈原的作品。前九篇都是每一篇祭一神，并以神名作篇名：东皇太一是楚人最信奉的天神，相当于"上帝"；云中君是云神；东君是日神；大（太）司命、少司命是星神（前者是死亡之神，后者是生命之神）；山鬼是山神，有人认为即巫山神女；湘君、湘夫人是江神；河伯是河神。只有《国殇》是悼念阵亡将士的挽歌，诗中充满敌忾情绪，慷慨悲凉，与前九篇性质不同。最后的《礼魂》仅是一支简短的送神曲，类似组诗的"尾声"，因此有人认为它不算一篇。这些曲中有关于祭礼的铺叙，有带抒情笔调的关于人神恋爱的描写，有关于男女神之间悲欢离合的刻画，风格清新，辞采典丽，显然是在民间情歌的基础上又经文人刻意加工的结果。在祭祀时，男女巫祝化装成神的形象，一面歌唱，一面舞蹈。我们从曲文中可以看到楚国"信鬼好祠"的风俗，也可以想象在祭祀表演时庄严而热闹的场面。

三、《天问》。据王逸《楚辞章句》，屈原被放之后，经过楚国先王神庙，看到祠堂里的壁画，上面画着"古贤圣怪物行事"，因而写成长诗，提出种种疑问，题于壁上的。在没有发现更多的史料之前，这也不失为一种解释。《天问》在屈原的作品中比较奇特，全诗基本上用的是像《诗经》一样的四言句式，以疑问语气一共提出了一百七十多个问题，其中有对天体构造、神话传说、古代历史、宗教信仰以及人生观各方面的疑问，表现了诗人想象力的丰富以及对自然现象和历史传统的关心。通过这篇作品，可以看出屈原思想的博大，同时也说明屈原并非仅以诗人的幻想来对待自然现象，而是以朴素的唯物主义态度来对待宇宙和人生的。从创作的角度看，作者用传统的板重的四言诗体来表达这种敢于怀疑传统信仰和勇于追求真理的思想内容，竟写得光怪陆离，突兀矫健，其艺术手腕也是相当惊人的。由于古代神话传说和历史资料已有很多失传，我们对这篇长诗还不能全部理解，只能有待于更多地发现地下的文物资料，再做进一步的研究了。

四、《招魂》。《史记》认为这是屈原的作品，王逸则以为是屈原的弟子宋玉所作。近人大都依据司马迁的说法，认为这是屈原为追悼楚怀王而作的。招魂是楚国民间的迷信风俗，人死之后，就要用一定的仪式举行招魂，让死者的灵魂归来。这篇长诗共三个部分，即引言、正文和乱辞。引言部分，作者先写了句自白，然后假设上帝和巫阳的对话，命令巫阳去招他所暗示的那个人的魂。正文部分，都是巫阳招魂的话。前一半按上下四方六个方面极写楚国以外各处的险恶恐怖，叫灵魂不要乱走；后一半则铺叙楚境以内宫室、美女、饮食、伎乐等各种娱乐游戏的富丽舒适，劝灵魂回来安逸地享受。在这一段里，作者把人间与非人

间的生活做了鲜明对比，除现实生活外，连天堂都写得十
分险恶，表现出强烈的现实感。最后的乱辞追述当年作者
陪楚王在森林中夜猎的场面，写得瑰丽壮观。但时光飞逝，
当年走过的路径已长满了皋兰，完全无法辨认了。于是作
者在结尾处写道：

> 湛湛江水兮上有枫，
> 目极千里兮伤春心，
> 魂兮归来哀江南！

在哀婉的召唤中，寄托了无限的国仇家恨，表达了诗人抚
今追昔的深厚感情。但这篇长诗乃是以铺叙宫廷中豪华享
乐的贵族生活为主，是一篇典型的庙堂文学。那种铺排的
场面、夸张的描写和雕绘满眼的辞藻，都直接影响了后来
的汉赋。

五、《九章》。《九章》包括九篇抒情诗，可分为两部
分。一部分是有标题的，按照时序的先后，应该是：《桔
颂》《抽思》《哀郢》《涉江》《怀沙》。《桔颂》是屈原少
年时的作品，形式比较接近四言诗；《抽思》是屈原初放于
汉北时所作；《哀郢》中明确提到自己被流放已"至今九年
而不复"，显然是屈原后期的作品；《涉江》写从鄂渚南下，
将到溆浦，时间较《哀郢》更后；《怀沙》是屈原自沉于汨
罗江之前所作，见于《史记》本传，据清人蒋骥《山带阁

注楚辞》的解释，"沙"指"长沙"，即怀念长沙的意思，这应该是屈原的绝笔了。另一部分的标题是属于"摘字名篇"性质，即以每篇第一句里的开头几个字作为作品的题目，这显然是后来的编者加上去的，计有《惜诵》《思美人》《惜往日》《悲回风》。关于这四篇，包括古代和当代的某些研究者，都表示怀疑它们不一定是屈原本人的作品。如《惜诵》说："忽忘身之贱贫"，这显然与屈原的贵族身份不相吻合，又如《思美人》，其模拟痕迹十分明显，很多句子都是抄袭《离骚》和其他各篇的，主题思想与《抽思》也不免雷同；至于《惜往日》和《悲回风》，前者说"不毕辞而赴渊兮，惜壅君之不识"，后者说"骤谏君而不听兮，重任石之何益"，都是后人对屈原自沉表示哀悼凭吊的话，自然不能算作屈原本人的作品了。为了持谨严慎重的态度，我认为《九章》里只有前一部分的五篇比较可靠，可以确定为屈原的作品；后一部分则当置于"存疑"之列，不能和那些主要作品同样看待。

《史记·屈原列传》说："屈原既死之后，楚有宋玉、唐勒、景差之徒者，皆好辞（爱好文学创作）而以赋见称。"在《史记》所提到的名字里，最有名的是宋玉，至今《楚辞章句》中还保存了一篇《九辩》，可以说是宋玉的代表作。至于唐勒、景差的作品，都已失传了（今传有《大招》一篇，题景差作，疑不可信；此篇内容是模仿《招魂》的）。

《九辩》是一首长篇抒情诗。诗中悲叹自己微贱的职位和衰老的晚景，对前途感到悲观失望。诗人既流露了对当时统治者的不满情绪，对黑暗政治表示了抑塞悲愤，同时又留恋君王曾经给予他的"厚德"。从全诗的情调看，通过悲秋的描写而大量抒发个人的感伤情绪占了主导地位，思想上的局限是很大的。但诗中描写环境气氛比较细微逼真，这说明作者是有一定的艺术才能的。后世诗人每以屈、宋并称，其实宋玉的成就远不能同屈原相比。不过在封建社会，"贫士失职而志不平"的遭遇在一般中下层文人身上都或多或少有所体现，因此宋玉在封建知识分子里面有一定代表性。除《九辩》外，现有的署名为宋玉所作的其他作品大都是后人拟作（其中收在《昭明文选》里的《风赋》内容较为可取），这里就不详加评论了。

从艺术成就看，《楚辞》比《诗经》已有很大进展。以屈原《离骚》为代表的所谓"骚体诗"（包括《九歌》《九章》《九辩》等），基本上以六言句式为主，但句法长短变化很大，这显然是受到战国时代诸子百家散文句型的重大影响。加以这些骚体诗篇幅扩大了，内容复杂了，想象更加丰富，情感愈益强烈，辞采绚烂，风格夸张，比起单纯朴素的《诗经》来有着截然不同的风貌。《诗经》在每一篇诗中往往用复沓重叠的形式；在《离骚》《九章》中则变成大开大阖的结构，但"一篇之中，三致志焉"，仍保留了回环往复的特点。又如《国风》中所用的比兴手法比较明显单纯，而在《楚辞》中则运用得更加频繁而广泛，所谓以"美人香草"为比喻，一篇之中层出不穷。这是《楚辞》继承并发展了《诗经》的地方。

《诗》和《骚》是我国古代诗歌传统中两个并列的源头，从它们向后世发展，就开辟了诗歌的现实主义和浪漫主义的创作道路。两千年来，一直发生着深厚的历史影响。尤其是屈原，在中国文学史上，几乎没有一个有成就的诗人未受过他的影响的。这在鲁迅的《汉文学史纲要》里早已指出了。

四

公元前 221 年，秦王嬴政（即秦始皇）在先后消灭六国之后，结束了二百多年战国纷争的局面，完成了中国的统一，建立了我国历史上第一个中央集权的统一的封建帝国。随着统一帝国的形成，秦始皇进行了政治、经济和文化上的一系列改革。首先是废除从奴隶社会沿袭下来的分封诸侯王的旧制而改为郡县制；其次是统一了度量衡制、文字和历法，并使田亩的经界、衣冠的形式和车辆的规格也都归于统一，做到了"书同文""车同轨"。这些改革，在推动我国历史的进程中，无疑是起了进步作用的。但由于秦王朝对广大农民进行了十分残酷的剥削和压迫，并在文化思想方面实行了严密的控制和高压的统治，很快地便引起了全国农民起义的大爆发，因此立国时间十分短暂，从统一六国到秦亡，前后仅十五年。在诗歌史上因之也可以说是一个空白阶段。只有丞相李斯创作了一些刻石铭文，无论内容或形式，基本上还是沿袭了《诗经》的雅、颂传统。这些铭文都是歌功颂德之作，思想艺术都无甚可取之处，但多少也体现出一些封建帝国统一后的新气派。

秦末农民起义的领袖陈胜、吴广以及项羽、刘邦，都是楚人。项羽的《垓下歌》和刘邦的《大风歌》，都是信口歌唱的短章，形式上依然属于《楚辞》范畴的骚体诗。直到公元前179年汉文帝刘恒即位以后，才出现了所谓汉赋。

班固在《两都赋序》中曾说："赋者，古诗之流也。"作为韵文之一体的"赋"，在战国末年即已产生；根据现存的材料来考察，这种体裁是从《荀子》的《赋篇》开始的。梁人刘勰在《文心雕龙·诠赋篇》中给"赋"下定义说："赋者，铺也，铺采摛文，体物写志也。"通过辞藻的堆砌来进行夸张的铺叙以达到为封建统治阶级歌功颂德的目的，正是汉赋的主要特点。但从艺术方面承袭和发展的关系来看，它与《楚辞》有一定的渊源但又各具不同的风貌。从《楚辞》中屈原的作品来看，作为战国时代的诗歌，它的形式有三种：一是承袭《诗经》传统而略有变化的四言诗，如《天问》。二是因《离骚》而得名的骚体诗，它可能是从楚国民间祀神曲《九歌》的形式发展过来的，特点是语气词"兮"字在句中起着重要作用，基本上是六言句。但因受战国诸子散文影响较深，这种骚体诗句法参差错落，长短不一，构成了接近散文的新风貌。三是《招魂》中间的正文部分。这段文字完全以铺叙为主，基本上是四言，很像散文。但句法整齐，辞采华赡，具有"铺采摛文"的特点。它分成上下句，上句既无韵脚也无句尾语气词，而下句既有句尾语气词"些"字，还在"些"字的上一字押韵。有的研究者认为，这种形式大约是根据民间巫觋在招魂时所念诵的祝辞加工写定的。而这种祝辞正是后来"赋"的前身。因此我们也不妨把《招魂》正文部分的体制称为赋体，它的表现手法是直接影响到汉赋的。

《荀子》的《赋篇》中共有五篇短赋，分咏"礼"、"知"（智）、"云"、"蚕"、"箴"（针）五种事物。这五篇作品都是以四言句为主，很像《诗经》，基本上是散文的写法，但每两句一用韵，所以还是韵文。它们的内容都反映了荀况本人的政治观点，但其表现形式却显然不是荀子所创造。它们应该同《成相》一样，都是作家根据民间流行的文艺形式拟作而成的。这五篇的特点之一是用隐语来咏物。"隐语"类似后世猜谜语的谜面，所咏的事物则是谜底。通过隐语，把所咏事物的各方面的特点逐一描绘出来，所以显得细致熨贴，这就是刘勰所说的"体物"的特色。《赋篇》的这种手法使我们自然而然联想到屈原早年的作品《桔颂》（《九章》之一）。《桔颂》也正是以类似隐语的手法来歌咏桔树的，不同的地方只是在《桔颂》一开头就点明所咏的对象是什么，而且在"体物"之后继以"写志"。《桔颂》全篇用的也是四言句，不过在逢双的句尾加上了"兮"字，这又同《招魂》正文部分的句型相近似了。既然这种体制和手法在屈原和荀况的作品中都曾出现，这说明他们是根据当时民间原有的一种"赋体"进行模拟，并加以改造而写成的。荀况晚年长期居住在楚国，这就更能证明"赋"这一文体是楚国民间的产物。另外，《赋篇》还有一个特点是"不歌而诵"。《汉书·艺文志》说："不歌而诵谓之赋。"从《荀子》中这五篇赋的形式看，当然只能供念诵而无法歌唱。联系到《招魂》的正文部分，也恰好说明不歌而诵确实成为"赋体"的一个特点。这就区别于从能够歌唱的《九歌》发展而来的骚体了。

汉赋的发展道路是曲折的。它的思想内容的好坏和艺术成就的高下也各有不同。它的发展过程大抵可分为三个阶段。第一阶段是在西汉初年，作家以贾谊、枚乘为代表。贾谊的《吊屈原赋》《鵩鸟赋》兼有屈、荀二家体制，基本上承袭骚体，但其中也有不少句法整齐的四言句，显示了从骚体向赋体过渡的痕迹。《吊屈原赋》借悼念屈原来抒发自己的感慨牢骚，反映了地主阶级中下层知识分子在受到保守派官僚排挤时政治上的抑郁不平。《鵩鸟赋》充满了道家"安时处顺""纵躯委命"的消极思想，但也表现了祸福相倚、吉凶转化的辩证观点（当然，这种辩证观点是唯心主义的）。而枚乘的《七发》则体现了汉赋在发展中的新的特色。

《七发》共八段。假设楚太子有疾，吴客问病，通过两人对话，"说七事以启发太子"。第一段指出楚太子的生活腐化，说明安逸享受是贵族膏粱子弟所共有的病根，不是药石针灸所能治疗的。这显然是作者针对当时贵族统治者的腐朽生活所提出的讽刺和劝诫，给以旁敲侧击的批判，反映出作者作为一个地主阶级中下层知识分子在封建社会前期所具有的比较进步的思想。接着吴客分述音乐、饮食、车马、宫苑、畋猎、观涛等事，由静而动，由近及远，一步步启发太子，诱导他改变生活方式。其中畋猎、观涛是全篇中着力描写的两个场面，作者认为畋猎可驱除懒惰的习惯，观涛有"发蒙启惑"的功效。最末一段写到只有用"要言妙道"才能转变病人的志趣，因此当太子听到有人要对他"论天下之精微，理万物之是非"的时候，就"霍然病已"了。作者认为安逸享乐的病应该从思想上来治疗，这一点确具有比较深刻的意义。

《七发》在艺术上仍属于骚体流裔，但已具有铺张夸饰的特色，实际上是一篇以描述客观事物为主的散文诗。在对事态和景物的描绘方面，不仅比《赋篇》用隐语咏物来得细腻入微，而且有动有静，在气氛的渲染和神情的描写上有了进一步的发展，如观涛一段描写涛势，奇观满目，巨声盈耳，使读者精神震荡，恍如身临其境。作者大量运用散文化的韵语和缤纷绚丽的辞藻，虽有"铺采摛文"的特点，却还没有达到堆砌生词僻字和用险韵凑数的地步，因此比起那些篇幅冗赘、内容芜杂的大赋来，还是清新可喜的。但有些地方铺叙过繁，细致有余而生动不足，已呈现出赋体的缺点。而篇末虽点明主题所在，却未加以充分发挥，也已开了汉赋"劝百讽一"这一公式化结构的先河。

《七发》是汉赋正式形成的第一篇比较成功的作品，它奠定了新兴赋体的形式，在赋的发展史上是有重要地位的。如果从这条道路健康地发展下去，汉赋是可能有更高的成就的。但由于汉武帝罢黜百家、独尊儒术的思想统治，使文化领域受到了桎梏，文学上的创新趋势一变而为因袭保守。《七发》以后，"七"体繁兴，作品如林，有所谓《七激》《七辩》《七启》《七命》等，不但形式上亦步亦趋，都在生硬地模仿前人，而且思想内容大都陈陈相因，有的甚至还跟屈（原）、宋（玉）、贾（谊）、枚（乘）唱反调，读起来索然寡味，更无足取了。

汉赋的第二个阶段从汉武帝开始，即所谓"全盛"期。据《汉书·艺文志》所著录，西汉的赋共七百余篇，其中武帝时就有四百余篇。而在汉成帝时，单是献给皇帝看的就有一千多篇（班固《两都赋序》）。数量虽多得惊人，传诵至今的却寥寥无几。在这一阶段中，汉武帝时的司马相如可以算作写赋的代表人物。后来西汉的王褒、扬雄，东汉的傅毅、班固，都是汉赋的重要作家。但现在看来，他们的作品都没有什么出色的成就。

　　司马相如的代表作是《子虚赋》和《上林赋》，它们是前后衔接的姊妹篇。《子虚赋》假设齐、楚两国互相夸耀，《上林赋》则大肆铺陈汉朝皇帝的上林苑如何豪华壮丽，并对皇帝射猎的盛况大肆渲染，从而压倒齐楚，表明诸侯之事不足道。作品主要的部分在于夸耀帝王的物质享受，渲染封建贵族宫廷生活的豪华奢侈，因而成为供贵族统治阶级消遣的典型宫廷文学。直到篇末，作者才委婉地流露了一点讽喻的意思，认为过分奢侈"非所以继嗣创业垂统"，为了统治者的长远打算，皇帝最好能"解酒罢猎"，考虑到与民同利。这种形式上的讽谏劝阻不过是装饰门面的点缀语，完全不起作用的。所以西汉末年的扬雄在大量写作了这一类歌功颂德的"靡丽之赋"以后，到晚年表示后悔，认为这种"劝百而讽一"的"雕虫"小技，真正有出息的"壮夫"是"不为"的。其实这类作品并不难写，据扬雄自己的经验，只要"能读千首赋"，就善于作赋了。可见写赋根本不需要什么生活实践，无非是堆砌许多僻词怪字，用铺张扬厉的手法进行层层渲染，在文字上矜奇炫博，赢得皇帝和贵族们的欢心罢了。

　　如果说《子虚赋》和《上林赋》或多或少地还体现了西汉帝国统一以后政治经济上的声威和气派，还不是全无意义的话。那么，随着时代的变化，继《子虚》《上林》之后产生的一系列模仿因袭的作品，如扬雄的《羽猎赋》和《长杨赋》、班固的《两都赋》、张衡的《两京赋》之类，就只是为了粉饰太平和吹捧封建帝王的"文治武功",成为向统治者贡谀献媚的工具。事实上,就连《子虚》《上林》两赋里面所描写的内容,也是非常浮夸的、畸形的表面现象,它们并不能真正反映那个时代的特征。而那些失去创造性的模拟之作,就只剩了肉麻空洞的捧场和夸张失实的吹嘘了。①

汉赋的这种歌功颂德的内容和板滞定型的描写手法显然是直接继承了《诗经》中雅、颂庙堂文学的传统,而那种华而不实的堆砌辞藻和夸饰失真的铺张扬厉则又是受了《楚辞》中赋体艺术消极方面的影响。至于屈、宋、贾、枚作品中所具有的那种批判现实的民主性的优良传统,却完全被排除屏弃了。因此我们有理由这样说,作为宫廷文学的汉赋之所以被封建统治者鼓励和提倡,是与汉武帝以来的思想控制和文化统治的政策互相配合、互为表里的。它们是封建文化的典型产物。到东汉后期,汉赋才进入第三个阶段。

东汉中叶以后,这个烜赫一时的封建王朝开始由盛而

---

① 班固的《两都赋序》中提到汉赋的作用时曾说:"或以抒下情而通讽喻,或以宣上德而尽忠孝,雍容揄扬,著于后嗣,抑亦雅,颂之亚也。""抒下情而通讽喻"既是形式上的"劝百讽一",剩下的只有"宣上德",即肉麻地吹捧统治者了。又晋人左思在《三都序》中批评汉赋的一些代表作说:"考之果木则生非其境,校之神物则出非其所,于辞则易为藻饰,于义则虚而无征。……侈言无验,虽丽非经。"正是指谪夸张失实的弊病。但遗憾的是,左思本人的《三都赋》还是蹈了汉人写赋的覆辙。

衰。当时宦官专政，外戚横行，阶级矛盾日益尖锐，人民灾难日益深重。一些愤世嫉俗的封建知识分子，在统治阶级内部矛盾日益激化、斗争日益剧烈的环境中，由于受到了压抑和冷遇，尝到了走投无路的苦楚，便开始创作一些抨击黑暗吏治、批判社会现实的抒情小赋。①这种抒情小赋恢复了骚体的特色，宛如投枪和匕首，通过犀利而巧妙的表现手法，对腐败的统治者做了严正的批判。如赵壹的《刺世疾邪赋》、蔡邕的《述行赋》等，就是这类抒情小赋的代表作。只有这种抒情小赋，才又属于刘勰所说的"写志"的作品。但就在这时，作为文学领域中的新事物的五言诗，正从民间以其迅疾矫健的步伐走上文坛。因此，汉赋在经过了曲折的道路并完成其历史使命之后，也就自然地退出了封建文学阵地。

五

根据列宁关于"两种文化"的理论，我们认为，除了西汉初年和东汉后期两个短暂的阶段外，汉赋显然是当时文坛上的一股逆流。而作为它的对立面，则是继承了《诗经》国风传统的汉代乐府民歌。

———————

① 东汉前期的班彪和张衡，已开始写抒情小赋，但没有蔚为风气，而且也缺乏批判现实的内容。不过这足以说明：文人对那种富丽堂皇的大赋，尽管仍在进行写作，却已逐渐不感兴趣了。

　　"乐府"本来是由汉武帝开始设置的一个制音度曲的官署名称，它的职责是搜采民间歌谣和封建文人的诗篇并配以乐曲，以备统治者祭祀宗庙及朝会宴饮等场合演奏之用。后来就将这个机构所采辑的诗歌也叫乐府①。汉王朝自建立了统一的封建政权以来，到武帝时已过了六十多年，生产力比秦汉之际的动乱时期已有所恢复，统治阶级又开始过着安定富裕的生活，这就给设置乐府创造了条件。正如周代的采诗制度一样，汉武帝设乐府的目的正是为了适应封建统治者的需要，通过"制礼作乐"的手段以巩固其政权。这在班固的《两都赋序》上是说得很清楚的②。这时由于西域交通的发展，西北邻族的音乐有机会传入汉朝。封建统治阶级早就听腻了他们祖先传下来的专供郊庙祭祀用的"雅乐"，自然对杂有异域情调的民歌新声产生兴趣，设置乐府也正是为了满足他们这种要求。从历史记载看，这个专职机关在采用一些文人的作品之外，它所广泛收集的各地民歌数量是相当可观的。

　　《汉书·礼乐志》和《艺文志》中对于汉武帝设置乐府以及它在当时的具体活动是有明确而详细的记载的，从这

---

　　① 清顾炎武《日知录》卷三十八："乐府是官署之名，……后人乃以乐府所采之诗即名之曰乐府。"顾氏是不同意这种一个名称有几种含义的提法的，但事实上自东汉以来即已约定俗成，一名赋以数义，无法也无须更改了。

　　② 《两都赋序》说："大汉初定，日不暇给。至武、宣之世，乃崇礼官，考文章，内设金马石渠之署，外兴乐府协律之事。"说明到汉武帝刘彻时才有设立乐府的需要和条件。

些史料和现存的乐府民歌中我们可以看出：

一、乐府机关建立了正规的采诗制度，并且明确了"制礼作乐"的目的：除了点缀升平和供统治者娱乐外，主要是为了"观风俗，知薄厚"。这清楚地表明，采诗完全是为了达到政治目的。

二、当时采诗的地域十分广阔，包括现在的河北、河南、山西、山东、陕西、甘肃、湖北、湖南、江西、安徽、江苏、浙江等省。所采的民歌多具有"感于哀乐，缘事而发"的特色，即具体地反映了当时人民的现实生活和思想感情。

三、乐府机构庞大，人员众多，最盛时达到八百余人，其中有"鼓员"（奏乐器的艺人）、"讴员"（歌唱艺人）和制造乐器的工匠等。这些人都来自民间。被封建统治者称为"郑卫之声"的民间俗曲，广泛流行于朝廷之上和贵族之间。汉哀帝时虽一度"罢乐府"，以阻止民歌、民乐的流传，但直到东汉末年，乐府的机构和采诗的制度基本上都保持下来了。

四、汉武帝时由他的嬖臣李延年任协律都尉，主持乐府工作。李是个通晓音乐的人，各地采来的乐调和歌谣大概都经过他本人以及其他专门人才的加工润饰，之后采集歌谣加工的情形差不多也是这样。由此可知，乐府诗是通过它本身的乐调的特点和乐工的持续传习才得以保存下来的。

必须指出，在现存的两汉乐府诗篇中，包含着两类来源不同，因而性质也截然不同的作品。这两类不同的作品正好代表了当时的"两种文化"。一类是从民间采集来的"感于哀乐，缘事而发"的谣讴歌曲，它们继承并发展了《诗经》国风的优良传统，反映了当时人民广泛的生活现实，是乐府诗中的民主性精华。这类歌辞虽已经过文人加工润色，但依然保留着民歌特有的战斗性和清新刚健的风格。在那诗坛沉寂、只有铺张堆砌的汉赋大量流行的时代，这一批作品得以被保存下来就愈益值得珍贵。它们不仅是当时最好的诗歌，而且启发了此后五七言诗的成长，在我国诗歌发展史上也占有十分重要的位置。另一类作品则是当时一些阿谀取宠的封建文人所作的颂诗赞歌，它们和《诗经》中雅、颂等庙堂文学一脉相承，并与汉赋互为表里，互相应和，专供帝王贵族祭祀宴享之用，纯属枯燥无聊的宫廷文学。这类作品包括"郊庙歌辞"、"燕射歌辞"、"舞曲歌辞"（详下）三种。《汉书·礼乐志》载有高祖唐山夫人的《安世房中歌》和邹阳、司马相如等人所作的《郊祀歌》，内容都是歌功颂德、宣扬忠孝和迎送神仙、祭祀天地之类陈腐不堪的东西，形式也是模仿雅、颂，堆砌辞藻，甚至语言佶屈聱牙，令人费解。因此这里所介绍的只限于前者。至于后者，既属于封建糟粕，为了节省篇幅，就不逐一加以批判了。

《汉书·艺文志》著录了从西汉到东汉初期所保存的各

地民歌的数目共 138 篇。这有限的数目显然并非入乐民歌的全部。但即使是这很少的一部分，也大都亡佚了。现存的汉乐府诗，最早见于南齐沈约所撰的《宋书·乐志》，总共不过几十首，除《铙歌》十八曲可确定为西汉的作品外，其他大都是东汉时的作品。宋代郭茂倩编《乐府诗集》，将自汉至唐的乐府诗（包括文人作品）分为十二类，即：一、郊庙歌辞；二、燕射歌辞；三、鼓吹曲辞；四、横吹曲辞；五、相和歌辞；六、清商曲辞；七、舞曲歌辞；八、琴曲歌辞；九、杂曲歌辞；十、近代歌辞；十一、杂歌谣辞；十二、新乐府辞。其中所收汉代乐府民歌较《宋书》为多，也较完备。汉代乐府主要保存在"鼓吹曲辞""相和歌辞"和"杂曲歌辞"这三类之中，现分别简介如下：

"鼓吹曲辞"又叫"短箫铙歌"，是汉初传入的"北狄乐"，当时主要用作军乐。今存歌辞十八首，有汉武帝时的作品，也有宣帝时的作品；其中有文人所作，也有民歌。其内容比较复杂，有叙战阵的，有表武功的，有记祥瑞的，也有写爱情的。句法都属杂言，风格多慷慨悲壮。这些歌辞有许多已看不懂意思，甚至读不成句。这主要是由于原诗"声辞相杂"，即诗句中夹杂着一些表示声音符号的字，根本没有意义。后世无法分辨，也就无从理解了。当然，由于年代久远，传写过程中字句多有讹误，也是导致难懂的原因之一。

"相和歌辞"大部分是从各地采来的民间乐曲，以楚声为主。歌辞是现存汉乐府中的主要精华部分，除少数几篇可确定为西汉时的作品外，大部分都是东汉的民歌。歌辞的内容非常广泛，反映了广阔的社会生活，其中有反映阶级压迫和斗争的，也有反映爱情婚姻生活的。这一部分诗歌最能代表汉代乐府民歌的特色。

"杂曲歌辞"中也有一部分是民歌。所谓"杂曲"，大约指乐调已经失传的杂牌曲子。从作品的内容和风格上看，我们已很难分别它们同"相和歌辞"有什么明显差异。这些杂曲可能是被乐府所采而实际并未入乐，或因年代久远，已不能确知其入乐的曲调，所以都放在一起了。另外，据有的研究者的意见，汉代民歌的写定和保存，除了靠朝廷的乐府机关外，通过民间传唱而流行于后世的也不少（请参看近人余冠英先生《乐府诗选·前言》）。而收在"杂曲歌辞"中的一些作品，如著名长篇叙事诗《焦仲卿妻》（也有以其诗之首句"孔雀东南飞"为题的），很可能就是属于民间传唱的歌辞，它们与乐府机关并不一定有什么关系。这首诗从东汉末建安年间即已产生，却迟至南朝的陈代才见于记载，可见它是经过民间长期口头传唱并不断加工才得以流传下来的。"杂曲歌辞"和"相和歌辞"一样，也是乐府民歌中的精华部分。

两汉乐府民歌是古典文学领域中一份珍贵遗产。这些诗对我国诗歌的现实主义传统起了推动和发展的作用，是我国诗歌史上一个重要环节。说得具体一点，来自汉代民间的这些里巷歌谣的基本精神是直接继承了《诗经》国风的传统并有所发展的。因此不妨说，十五国风就是汉以前的乐府，而乐府就是周以后的十五国风。由于时代不同，汉乐府的题材比《诗经》更广阔了，而五言、七言（主要是五言）的新诗体也比以四言为主的《诗经》显得活泼新鲜，生动多变化。这里举"相和歌辞"中的一些诗篇为例。《东门行》写穷人为生计所逼，终于铤而走险，明快有力地表现人民在走投无路的处境下被迫走上反抗的道路；《妇病行》写贫苦人家妻子在临死前对丈夫、儿女的诀别，以及妻子死后丈夫无法照顾儿女生活的惨状，深刻地描绘出汉代社会底层人民贫困生活的真相；《孤儿行》写孤儿在父母双亡后受到身为剥削者的兄嫂的奴役和虐待，这已不仅是家庭间的骨肉相残，而是反映了在汉代残余的奴隶制度下剥削者对奴隶的压迫。这些民歌不但具有较丰富的思想内容和较高的认识价值，而且字里行间饱含着鲜明的爱憎感情，艺术上也是十分感人的。

此外，乐府民歌中一些反映爱情婚姻的诗篇也同样是《诗经》国风传统的延续和发展。《铙歌》中的《有所思》和《上邪》，写女子倾吐爱情非常大胆泼辣；《塘上行》和《白头吟》，写弃妇对负心男子做了有力的控诉和批判。《陌上桑》是"相和歌辞"中的名篇，写一个采桑女子罗敷用巧妙而婉讽的手段拒绝了一个太守身份的流氓官僚的调戏。在汉代封建礼教的桎梏下，这些诗篇是带有一定民主性的光辉的。与此同时，游子思妇的题材在汉乐府中也开始出现了，《饮马长城窟行》（"青青河边草"）就是这方面的一首代表作。而《悲歌》和《艳歌行》则写出穷苦的流浪者漂泊异乡的拮据生活和精神苦闷。从这些作品中可以生动而形象地看到当时社会的侧影。

《诗经》基本上是抒情诗，国风和大雅中偶然有一些叙事成分较多的作品，但还很难说就是叙事诗。《楚辞》更是以抒情为主。直到东汉的乐府民歌，才有比较完整的叙事诗出现。这是汉乐府一个显著的特色。这种叙事诗可以更具体而真实地反映现实，从而构成了与《诗经》《楚辞》截然不同的艺术风貌。产生于东汉末年的《焦仲卿妻》是汉乐府中叙事诗的代表作。这诗最初见于陈代徐陵编的《玉台新咏》，诗前有序说：

> 汉末建安中，庐江府小吏焦仲卿妻刘氏，为仲卿母所遣，自誓不嫁。其家逼之，乃投水而死。仲卿闻之，亦自缢于庭树。时人伤之，为诗云尔。

全诗长达一千七百余字，详尽地描写了在封建家长制压迫下所产生的一个爱情婚姻悲剧，有力地暴露了封建礼教的残酷性。序中称女方姓刘，但诗中只说焦仲卿妻名兰芝。很可能"兰"就是女方的姓，因为我国在古代是有这个姓氏的。诗中通过仲卿的母亲和兰芝的哥哥对兰芝进行迫害的描写，说明妇女在封建家长制的威压下根本没有社会地位和生存权利。兰芝夫妇的双双自杀，虽说走的是一条消极道路，却正是不屈服于封建势力的表现。汉朝统治阶级大肆鼓吹封建孝道（所谓"以孝治天下"），不少读书人由于统治者给他们加上了"非孝""不孝"的罪名而遭到杀身之祸。而在这首长诗中，兰芝因不甘忍受焦母的折磨而竟然主动离开夫家，焦仲卿竟敢背离母亲的"训诲"而与妻子一同自尽，这无疑是当时人民对封建孝道的一种抗议。兰芝坚决不肯再嫁太守的儿子，实际上也是对当时封建门第观念的蔑视和反抗。篇末用死者化为一对鸳鸯的神话作结尾，也表达了广大人民争取婚姻自主的必胜信念。全诗结构完整，语言朴素自然，不少对话很切合诗中人物的身份和口吻，有些刻画人物形象的描写也很生动逼真。这首长诗的思想和艺术代表了汉乐府的高度成就。

两汉乐府在诗歌形式上也有很大的变化和发展。早期的汉代民歌句式长短不齐，没有定型；以后则从杂言向五言发展，就现存的全部汉乐府来看，虽然三言、四言、六言、七言参差互见，却以整齐的五言体占多数。五言比四言虽仅多一字，但表达能力要强得多，也不像四言诗那样平板单调。梁代钟嵘在《诗品》中总结了五言诗的优点，说它"居文词之要"，用它来"指事造形，穷情写物"是最为"详切"的。这话可能说得有点绝对，因为后来的七言诗和长短句的词曲比五言诗有更强的表达力和更多的灵活性。但乐府民歌确为我国五言诗的繁荣成长开辟了广阔的道路。一千多年来，五言诗始终成为我国古典诗歌体裁的一种，从汉末到唐初，绝大多数的诗歌都是用五言写的。其影响和作用无疑远远超过了以四言为主的《诗经》和以六言为主的《楚辞》。

曹魏和西晋都不采诗，流传下来的只有文人拟作的乐府。东晋以后，产生在晋、宋之间的南朝乐府民歌数量较多（今存四百八十余首），一般都是五言四句的小诗，内容则几乎全部都是以妇女口吻写成的恋歌，风格柔婉缠绵，以抒情为主，与汉乐府的质朴浑厚和以叙事为主不同。这些民歌大体上分"吴歌"和"西曲"两大部分。"吴歌"是吴声歌曲的简称，流传于长江下游，即今江苏省南京（古称建业）一带，其中以《子夜歌》最为出名（据说"子夜"是晋朝一个女子的名字）。《西曲歌》产生于长江中游和汉水流域，即今湖北省襄阳一带，乐调较吴歌急迫紧促，因此在风格上不像吴歌那样柔婉曲折。这些恋歌对于当时社会的矛盾和斗争几乎毫无反映，这主要是因为当时搜集民歌的人带有封建统治者的阶级偏见和美学趣味所造成的结果。但作为民间恋歌来说，其大胆热情和真挚纯朴的特色还是值得人们重视的。

吴声歌曲在表现手法上有一点是过去所没有的，即以同音的字词来谐音寓意，造成作品中的双关语，如"莲"谐"怜"，"丝"谐"思"，"芙蓉"谐"夫容"（男子的容貌），"棋"谐"期"，"碑"谐"悲"之类。"莲""丝"
"碑"等仿佛是谜面，"怜""思""悲"等仿佛是谜底。这
种手法当然是民间的创作，如果用得恰当，可以使诗意产
生一种隐约含蓄的感觉，用来表现封建社会中民间妇女吐
露隐晦深曲的内心感情，是比较合适的。但这毕竟是一种
小巧玲珑的文字游戏，在借鉴参考的同时也应切忌滥用。

现存的北朝乐府民歌是在梁朝时传入南方的。数量虽
不太多，但反映的社会面较广阔，风格有的刚劲雄浑，有
的清新明快，比南朝乐府显得多样化。如有名的《敕勒
歌》：

敕勒川，阴山下，
天似穹庐，笼盖四野。
天苍苍，野茫茫，
风吹草低见牛羊！

据说这是一首从鲜卑语翻译过来的民歌，它写西北牧区苍
茫辽阔的草原风光，形象鲜明，气魄很大，体现了英爽豪
迈的风格。有的民歌反映了女子的爱情要求，写得很真率，
毫不忸怩作态。如《折杨柳枝歌》：

门前一株枣，岁岁不知老；
阿婆不嫁女，那得孙儿抱！

再如《幽州马客吟》，寥寥二十字，就把贫富悬殊的社会矛盾清楚地揭示出来：

> 快马常苦瘦，
> 剿民（劳苦人民）常苦贫，
> 黄禾起羸马（用干草作饲料，瘦马才有起色），
> 有钱始作人。

话虽简单，却有着不尽深意。

同两汉乐府一样，南北朝乐府民歌中有一部分作品可以确认为经过了文人的润色加工，但它们基本上还保持着民歌的特色。如梁代的《西洲曲》就是南朝乐府中一首代表作。它的内容虽只不过写男女爱情，但艺术上却精致完整。结构之巧，音节之美，尤具特色。它标志着吴歌、西曲这一类作品已达到了成熟阶段。而北朝乐府中最有名的长篇叙事诗《木兰诗》，就更为后人传诵。诗中写青年女子木兰代父从军，她女扮男装，经历了十年的战士生活，为国家立了战功，却辞官不做，回到故乡。作者处理诗中的父女、君臣关系，并没有宣扬封建统治阶级所提倡的忠孝观念，显得非常朴素健康。可见来自民间的作品就是不同于封建士大夫的说教。而在封建时代，一个女子也能像男子一样出征作战，说明完全具有与男子同样的能力。这首

诗正体现出封建社会中妇女要求与男子平等的意愿。诗中有几处连用若干排比句，如"东市买骏马"四句和"开我东阁门"四句，都体现了民歌铺陈排比的特色。而全诗五言、七言互用，特别是"朔气传金柝"四句，用格律谨严、对仗工稳的偶句来概括木兰的十年战场生涯，都足以说明这首诗正是由古体向近休过渡阶段的产物。诗人在篇末写木兰恢复了本来面目以后的情景：

> 出门看伙伴，
>
> 伙伴皆惊惶，
>
> 同行十二年，
>
> 不知木兰是女郎。
>
> 雄兔脚扑朔，
>
> 雌兔眼迷离，
>
> 双兔傍地走，
>
> 安能辨我是雄雌！

"雄兔"四句，正是用的自《诗经》以来传统的比兴手法。把比兴手法不用在诗的开头而用在结尾，是十分别致而带有创造性的，而这里的描写恰好表现了女子对自己能力的自信和胜利归来的喜悦，给全诗带来了爽朗明快的情调。前人把它与《焦仲卿妻》并称为乐府诗中的"双璧"，是有道理的。

作为诗体的一种,"乐府"的含义曾屡有改变而在历代是不尽相同的。从两汉到南北朝,一直把乐府作为带有音乐性的诗体的代称,着眼点始终在音乐上。唐代以后,人们把一些模仿两汉乐府"感于哀乐,缘事而发"的具有现实主义传统风格的诗篇,不管它们是否合乐,都叫作"乐府"。其实这些作品绝大部分是不入乐的,但实质上却继承了两汉乐府的精神。诗中大都着重描写社会现实,以反映社会矛盾和批判现实为主要内容。如李白的《蜀道难》、杜甫的《兵车行》、白居易的《新乐府》和皮日休的《正乐府》(后二者是组诗)都属于此类。宋元以后,又把能入乐歌唱的词和散曲叫作"乐府",在一定程度上重新回到了南北朝以前的音乐观点。但从词、曲的具体内容看,除部分作家作品外,大都偏离了两汉乐府的精神实质,变成吟风弄月、拈花惹草的文字工具了。

六

东汉后期,地主阶级疯狂地剥削人民,土地兼并的现象日益加剧,宦官、外戚两种封建势力交替当权并互相倾轧,造成了政治上的日益黑暗和腐败。公元 184 年,终于爆发了以张角等人为首的农民大起义——黄巾起义。这次起义虽被地主阶级的联合势力镇压下去,但东汉王朝也已名存实亡了。这时,代表封建地方割据势力的豪强、军阀们纷纷拥兵自立，在长期混战中严重地破坏了社会经济，给人民带来了深重的灾难。

在割据的军阀中，曹操实行了一系列的改革政策，如抑制豪强兼并，划一租税，广兴屯田，延揽人才等，终于壮大了自己的力量，逐步统一了北方。这样，曹操便和分踞在东南的孙权、西南的刘备形成了三分鼎峙的局面。由于社会的动荡变化，长期居于统治地位的儒家思想也一度失去了唯我独尊的权威性。为了适应新的现实需要，北方的曹操和蜀汉的诸葛亮，除了沿袭封建儒家的某些传统思想外，在政治、经济方面都兼采渊源于先秦法家的某些思想和理论，并且制定了一些比较行之有效的具体措施。此外，佛、老两家也作为异端思想起而与汉儒所大力提倡的封建礼教相抗衡。这时正是东汉末代皇帝献帝刘协的建安年间（公元 196 年至 219 年），史称建安时代。而在上述背景下产生的建安文学，也有着一个崭新的风貌。

建安文学中成就最高、影响最大的是五言诗。前面已经谈到，五言诗的形成和兴起本由乐府民歌而来。但这种新的诗体从民间歌谣到文人写作，还是经过了一个较长的发展过程的。文学史上的各种诗体（不论四言、五言或七言），本来都是由民间歌谣产生的。只有新的形式才能适应新的内容。当四言诗已不能表达日益丰富的社会生产内容时，一些有见识、有眼光的文人便把这种来自民间的既富有表现力而又具有艺术光彩的五言诗体，大胆地拿来模仿和运用，于是就有了文人创作的五言诗。直到最后，五言的形式不但在乐府民歌中而且在文人创作中也成为主要的形式，同时诗的语言和表现技巧也逐渐成熟，更主要的是通过这种新诗体产生了较多数量的优秀作品，于是进入了五言诗的兴盛时代。这就是建安时代文学上的一个特色。

在谈建安诗人以前，还有必要回溯一下有关汉代五言诗方面的情况。这里谈三个问题。

一是汉代文人创作五言诗究竟从何时开始的。从现在的可靠史料看，西汉时代的民间歌谣确有不少是五言诗体的，但在汉武帝以前，用完整的五言形式写成的民歌并不多见，最早的汉乐府《铙歌十八曲》中也没有纯粹的五言诗。到了西汉末年成帝时（公元前32年至公元前7年，比武帝时晚了五十多年），比较成熟的五言体的民间歌谣才逐渐多了起来。这里举《汉书·五行志》所引成帝时一首民谣为例：

> 邪径败良田，谗口乱善人。
> 桂树华（花）不实，黄爵（雀）巢其颠。
> 故为人所羡，今为人所怜。

然而直至目前，却还没有足够的理由说明西汉时代确已出现文人士大夫创作的五言诗。梁太子萧统选辑的《文选》载有《古诗十九首》，是现存的汉代文人诗最有代表性的一部分，但并未注明作者是谁。到了陈代徐陵编选《玉台新咏》，却把这十九首中的八首和另一首古诗（第一句是"兰若生春阳"）题为西汉枚乘所作。从五言诗发展的趋势看，枚乘的时代（其卒年最迟不晚于公元前140年，即在汉武帝即位以前）不可能出现这样完整的文人五言诗。徐陵的说法并无根据。《文选》又载苏武诗四首，李陵《与苏武诗》三首。但诗中所写的"江汉""河梁""山海""中州"等语，和苏李生平的行踪事迹完全无关（他们活动的地点主要在塞外沙漠地带），其中还有一些描写夫妻离别的话，更与朋友赠答口吻不合。显然这是以讹传讹，或出于后人伪托。《文选》和《玉台新咏》又把汉乐府中的《怨歌行》题为西汉成帝时班婕妤作，《西京杂记》更认为乐府古辞《白头吟》是西汉卓文君谴责司马相如负心的作品。这全是根据诗意妄加揣测，并不可信。钟嵘《诗品序》说："自王（褒）、扬（雄）、枚（乘）、马（司马相如）之徒，辞赋竞爽，而吟咏靡闻。"《文心雕龙·明诗》也说："至成帝品录，三百余篇，朝章（文人作品）国采（民间歌谣），亦云周备；而词人遗翰（遗留下来的作品），莫见五言。所以李陵、班婕妤，见疑于后代也。"可见南朝当时人已不相信这些说法了。今传东汉班固所作的《咏史》，是一首较早的五言诗，但它"质木无文"（钟嵘语），很不成熟。稍后张衡作《同声歌》，模拟民歌的痕迹非常明显，但艺术上进了一大步。东汉末年，文人秦嘉既写四言诗（《述婚》），也写五言诗（《留郡赠妇》）；而前面提到的赵壹，在他写的《刺世疾邪赋》的结尾还附有两首五言诗。这说明五言诗已成为当时流行的体裁，有些文人已在尝试着进行这种新体诗的创作了。

二是汉代文人五言诗和五言体的乐府民歌究竟有什么区别。从道理上讲，乐府诗入乐，是能唱的；而一般五言诗是"徒诗"，即不入乐、不能唱而只能诵读。但采入乐府的所有歌辞传到后世，乐谱早已失传，根本无法歌唱，与"徒诗"实际已无区别。于是有的人就把东汉后期以来的无名氏所作的五言诗索性都看成乐府①。这种观点不能说没有道理，因为有些题为"古诗"的作品，内容确实很接近民歌，如"上山采蘼芜"一首就是如此：

上山采蘼芜，下山逢故夫。

长跪问故夫：新人复何如？

新人虽言好，未若故人姝。

颜色类相似，手爪不相如。

新人从门入，故人从阁去。

新人工织缣，故人工织素。

织缣日一匹，织素五丈余，

---

① 如清人朱乾《乐府正义》就说："古诗十九首，古乐府也。"梁启超在《中国美文及其历史》中也认为"流传下来的无名氏古诗亦皆乐府之辞"。

将缣来比素，新人不如故。

但大部分被称为"古诗"的五言诗无论内容或形式都跟名歌不一样，无法归入乐府民歌范畴里去。于是有的文学史家便从作品有无作者署名来鉴别它是否文人所作，只要有署名，就算作文人作品。其实这不仅不妥当，而且不科学。署名的作者不一定就是文人，也可能是乐工或其他身份的人。比如题为辛延年作的《羽林郎》，显然就是与《陌上桑》异曲同工的一首思想内容较好的乐府诗。诗中揭露了依附于贵族阶级的家奴恶霸对人民欺压侮辱的流氓行径，并刻画出胡姬坚决抗拒、不为威胁利诱所屈的高尚品质和聪慧头脑。这比起一般无署名的"古诗"来，无论思想内容和艺术风格都有很大的差别。关于这一点，余冠英先生在《汉魏六朝诗选·前言》中有一段说得很清楚：

> "古诗"的作者既然姓名不彰，何以见得其中大多数是出于文人之手，而不是出于民间呢？这是从"古诗"的内容可以看出来的，像"驱车策驽马，游戏宛与洛""思君令人老，轩车来何迟""昔我同门友，高举振六翮"等等，所反映的生活都不是下层人民的生活。又如"盛衰各有时，立身苦不早""不如饮美酒，被服纨与素""何不策高足，先据要路津""委身玉盘中，历年冀得食""人倩欲我知，因君为羽翼"等等，

所反映的思想都不是下层人民的思想。其次，从诗的语言也可以判定。像"晨风怀苦心，蟋蟀伤局促"，用《诗经》中的篇名，"道路阻且长"用《诗经》中的成语，"弃我如遗迹"用《国语》中的词汇，这类的例子很多，表明"古诗"中有许多知识分子语言。此外，"涉江采芙蓉"篇用《楚辞》的意境，也见出是文人之作。

"古诗"中杂有少数民歌。这也是从内容和语言可以辨别的。像"十五从军征"和"上山采蘼芜"所反映的生活都属下层，语言风格具有民歌的特征，和乐府中的"街陌谣讴"没有分别，断非文人所能摹仿。（人民文学出版社1958年版，第8~9页）

由此可见，尽管乐府民歌和文人五言诗之间不易绝对划分界限，但在内容和形式上还是存在着不同倾向的。

三是对于以《古诗十九首》为代表的汉代文人五言诗究竟应怎样评价的问题。"古诗"本是后人对古代诗歌的一种称呼。东汉末年有许多五言诗，作者和诗题都已无考，因此从晋代起就统称之为"古诗"。据钟嵘说，这一批诗共有五十几首。而选入《文选》的共十九首，于是《古诗十九首》就成了专名。这些诗并非一人一时所作，所反映的思想内容也很复杂，大抵不外乡愁、闺怨、宦途失意和及时行乐这几方面的内容，但其共同特点则是表现了浓厚的感伤情绪。它们的作者大都属于社会中下层文人，为了寻求一官半职，不得不远离乡里，奔走朝市，这就是诗中大量出现以游子、思妇为抒情主人公的主要原因。这些作品同前面介绍的秦嘉《留郡赠妇》诗的情调相类似，即作者由于长期出外抛撇妻子而产生的伤离怨别的感情。有的诗篇则反映了自己在失意中得不到朋友援引的愤慨和牢骚。有的则感到人生短促，没有出路，从而产生了纵情享乐的颓废思想。总的说来，这种种消极情绪正是东汉王朝统治阶级日趋没落的具体反映，而我们却可以从这些诗中多少能看到一些东汉末年大乱前夕的社会侧影。当然，《十九首》中也有少量属于乐府民歌性质的作品，如"青青河畔草""迢迢牵牛星"等，表达抒情主人公的感情非常坦率真挚，不像文人之作。不过从总的方面看，《十九首》中大部分作品是受到乐府民歌的影响而写成的，在艺术上则往往较乐府民歌更为成熟。特别是由于《十九首》因《文选》而传世，竟成了后世诗人模仿宗法的汉诗典范。我们一方面要肯定《十九首》的艺术成就，一方面也要看到它们的艺术水平毕竟是有高下之不同的。像梁代钟嵘誉之为"惊心动魄""一字千金"，则不仅有推崇过分之嫌，而且也失之笼统。还是应该做具体分析才更符合实事求是的科学精神。

建安文学以北方的曹魏为中心，作家以"三曹"（曹操及其子曹丕和曹植）和"七子"（孔融、王粲、陈琳、徐干、阮瑀、应玚、刘桢）为代表，吴、蜀则作家很少。这时北方的统治大权实际已掌握在曹操手里，曹氏父子又都是爱好和提倡文学的，于是在他们周围形成了一个文人集团。"七子"中除孔融外，在文学事业方面都是在曹氏父子网罗之下的"羽翼"。三曹当时在文学上也和在政治上一样，处于领袖群伦的地位，而他们的文学成就也配得上这个地位；尤其是曹植，对后世诗歌的影响就更大一些。"七子"之外，还有女作家蔡琰，以及名气稍逊于"七子"的应璩、繁钦等。这些作家大都倾向于曹操的改革措施，思想上有进步的一面。他们都亲身经历了汉末的动乱生活，接触了较广泛的社会现实，因此能够继承汉乐府的传统，并在曹氏父子的号召和倡导下，冲破了沉寂的文坛而形成一个诗歌的高潮。

　　"三曹"和"七子"的作品一方面反映了社会的动乱和人民的疾苦，一方面表现了封建知识分子要求建功立业的理想和雄心。这就使得一代诗风既体现了现实主义精神又富有浪漫主义色彩，风格悲凉慷慨，有着鲜明的时代特色。这种特色被后世称之为"建安风骨"或"建安风力"，并形成一个优良传统。反映社会动乱和民生疾苦的诗篇，以蔡琰的《悲愤诗》、王粲的《七哀诗》和陈琳的《饮马长城窟行》为代表，而曹操的《蒿里行》更被明代的钟惺在他与谭元春合选的《古诗归》中誉为"汉末实录"的"诗史"，诗中叙当时的病祸说：

　　铠甲生虮虱，万姓以死亡。

　　白骨露于野，千里无鸡鸣。

　　生民百遗一，念之断人肠。

反映当时人民的苦难确是深刻而真实的。至于体现作家的
理想和壮志的诗篇，数量就更多些。曹操的《龟虽寿》《短
歌行》，刘桢的《赠从弟》，曹植的《白马篇》，都有一定的
代表性。《龟虽寿》说：

　　老骥（一本作"骥老"）伏枥，志在千里。

　　烈士暮年，壮心不已。

《白马篇》结尾说：

　　寄身锋刃端，性命安可怀？

　　父母且不顾，何言子与妻！

　　名编壮士籍，不得中顾私，

　　捐躯赴国难，视死忽如归。

其精神面貌是积极向上的。当然，"三曹"是封建统治者，
"七子"是依附于统治阶级的封建文人，他们的作品不可能
不带有剥削阶级的烙印，他们的建功立业也无非想当个

"出色"的统治者。汉人诗中那种及时行乐、伤离怨别等消沉颓废的思想感情在建安诗人的作品里依然有所流露。这些仍旧是应当批判的。

建安诗人在艺术上主要是继承并发扬了汉乐府的优秀传统，"三曹"在这方面的成就尤为显著。曹操本人就是在乐府民歌的影响下创作的。现存的他的二十几首作品全部是乐府诗，他的特点是用乐府旧调旧题写新内容（如《薤露行》《蒿里行》本是汉代民间挽歌，曹操却用来写成五言诗，批评外戚误国和军阀专横），风格刚劲苍凉，反映出一个杰出政治家的豪迈气派。值得注意的是在曹操的作品中有几首久经传诵的四言诗，如《短歌行》《观沧海》《龟虽寿》等。但这并不意味着曹操是复古派。曹操的文学倾向恰好是反正统的，他在创作上真正摆脱了古典的束缚而从民歌中吸取了营养。曹操的真正代表作还是那些风格遒劲、语言通俗的五言诗。正由于他对五言诗的创作有了较高的成就，在他写的四言诗中才有可能把这种旧体诗做了新的加工和改造，使之具有新内容、新血液、新情调，从而有了新生命。如《观沧海》一诗气魄雄伟，想象丰富，是一首前所未有的纯粹写景的名篇。这样的四言诗绝不是那种墨守成规的拟古派作家写得出来的。

曹丕的诗大都写男女爱恋和离别之情，成就不及曹操。但曹丕在学习乐府民歌的艺术形式方面却比较大胆，敢于进行新的尝试。他的《燕歌行》是现存的最早的文人七言诗，《大墙上蒿行》是一首长达三百六十四字的杂言诗，从三言短句到十三言长句都杂糅在同一首诗中，参差变化，形式新异，蹊径独辟。钟嵘说曹丕的诗"率皆鄙直如偶语"，这种通俗化的语言也是曹丕诗的特色。

曹植一生处境与他父兄有所不同。在建安年间（即曹植二十九岁以前），他在当时邺下文人集团中过着诗酒流连、随辇侍宴的贵公子生活。后来由于封建统治者内部的争权夺利和猜忌倾轧，曹植在他哥哥（曹丕）和侄儿（曹叡）两代皇帝的压制下，就像动物住在牢圈里一样过了十一年，终于"汲汲无欢"地死去。他后期政治上的失意、思想上的苦闷和生活上的痛苦，在诗中都有所反映。但这些诗已是在建安以后的岁月中写成的了。

曹植主要的成就也在乐府诗方面。在他那些悲凉慷慨的诗篇中多方面地反映了他渴望在政治上能够出人头地的壮志和热情。钟嵘说他的诗"骨气奇高，词采华茂"，虽不免揄扬过分，却有一定的概括性。他在诗中经常用曲折隐晦的比兴手法来表达自己内心的痛苦，或借夫妇喻君臣，或借古事讽当世。如见于《世说新语》的《七步诗》就是用萁豆相煎比喻骨肉相残的一首"寓言"诗：

　　　　煮豆持作羹，漉豉以为汁。
　　　　萁向釜下燃，豆在釜中泣。
　　　　本是同根生，相煎何太急！

这显然是采用了乐府的传统手法而注入了作者的思想感情。又如他有名的《野田黄雀行》，相传是为了悼念朋友受到曹丕迫害而自恨不能援救而作的，但结尾处却以天真的理想对生活寄以憧憬和希望：

> 高树多悲风，海水扬其波。
>
> 利剑不在掌，结友何须多！
>
> 不见篱间雀，见鹞自投罗。
>
> 罗家得雀喜，少年见雀悲。
>
> 拔剑捎罗网，黄雀得飞飞。
>
> 飞飞摩苍天，来下谢少年。

曹植后期的诗已超出模仿民歌的范围，如组诗《赠白马王彪》，就是交织着哀伤、恐惧和愤慨之情的政治诗，反映出他对朝廷的愤怒情绪，也揭示了曹丕父子残忍暴虐的阶级本质，这实际已是阮籍《咏怀诗》的先驱。他还根据《楚辞》的遗意写了一些《游仙诗》，借升天的幻想来发泄现实生活中的苦闷。这对晋代的郭璞、唐代的曹唐等人写的《游仙诗》也颇有影响。至于他早期所写的《公谦》《侍太子座》和一些"叙酣宴"的乐府，则开后世御用文人以"应制诗"为歌功颂德手段之先河，不仅影响很坏，而且内容也无足取。

　　魏文帝曹丕取代东汉王朝统治之后，为了对大官僚和豪强地主妥协以换取他们的支持，便实行了所谓"九品中正"的用人制度。到了魏、晋交替的时代，曹魏统治集团已发展为贵族大地主集团，政治日趋腐败；旧的豪门地主势力这时也重新抬头，并有极大发展。后者的代表司马氏政治集团在一步步篡夺了魏朝的军政大权以后，便同曹氏统治集团展开了激烈的夺权斗争。司马氏以残酷的屠杀手段来消灭曹魏集团的力量，一时造成了黑暗恐怖的政治局面。

　　就在这个时期，依违于曹氏和司马氏两派政治力量之间的阮籍，写了八十几首《咏怀诗》。他摆脱了汉代五言诗里游子、思妇之类流行的题材，集中地写他个人忧时愤世的思想感情。他对司马氏的专横残暴是憎恨的，可是缺乏胆量公开表示自己的抗议。于是他便把内心的郁闷和愤慨都寄托在饮酒和作诗上。这样，隐晦曲折、反复零乱便成为他写诗时不得不用的手法。南朝刘宋时诗人颜延之说阮籍伪《咏怀》"虽志在刺讥而文多隐避，百代而下难以情测"，正是在当时那种令人窒息的政治环境下由于作者自身的苦闷矛盾所造成的。《咏怀》中多征引神话传说、历史典故，通过这些间接的素材来委曲表达作者忧国刺时的思想，透露了当时的政治黑暗和作者对现实的不满情绪。然而尽管如此，在这八十多首诗里仍有一部分作品写得并不十分隐晦，字里行间往往情不自禁地迸发出愤激的感情，明显地对当时统治者所利用的那些儒家的名教礼法之类进行了揭露和鞭挞。至于诗中含有不少颓唐消极的老庄思想，则是时代和作者本人的阶级局限；而诗意晦涩也是艺术上的一种比较严重的缺陷。这些都是读《咏怀》时所应批判的。

司马氏取得政权后，建立了西晋王朝。这是代表士族大地主利益的腐朽政权，在它的统治下，各种社会矛盾迅速加剧。九品中正制成为保障士族官僚地主无论在经济或政治上享有一切特权的工具。士族可以依据官品合法地占有大量土地，垄断了政治、文化各个方面的特权，造成了"上品无寒门，下品无士族"的严重悬殊。反动的门阀制度从此形成，一直延续到唐代。这不但加深、加剧了阶级矛盾，也造成了寒门与贵族的尖锐对立。不到半个世纪，在内乱频仍和外患交逼之下，西晋王朝就覆亡了。从此中国进入南北朝长期分裂的时代。

偏安江南的东晋王朝，不过是西晋腐朽的士族特权政治的继续。门阀制度恶性膨胀，士族占田数量惊人，动不动就是一万顷。士族阶级公然表示不与"杂类"通婚，士、庶界限愈益严格。而统治阶级内部的皇室和军阀则不断争权夺利。在腐朽的士族统治下，沉重而苛刻的剥削和压迫促使阶级矛盾日益尖锐，终于爆发了东晋末年的以孙恩为首的农民起义，给东晋政权以毁灭性的打击。最后，靠镇压农民起义起家的宋武帝刘裕夺取了帝位，东晋灭亡。

晋代的士族统治导致文学上的逆流一再泛滥，西晋时期，"建安风骨"的传统无形中被扼杀，诗歌走向了典故化、排偶化的道路。作家只知机械地拟古，使作品完全脱离现实，内容贫乏，缺少新意。从西晋末年开始，经历了整个东晋，诗坛几乎为宣扬老庄思想、"平典似道德论"的玄言诗所垄断。在这股逆流中，只有西晋的左思和南渡前后的刘琨等人的诗篇，还有一些可取之处。特别是东晋末年的陶渊明，作为一个敢于与高门贵族抗衡的田园诗人，成为这一时期诗歌史上的中流砥柱。

左思是晋代第一个反门阀士族的诗人。当时做官的道路被世家大族所把持，出身寒微的读书人只能沉沦于下僚。左思的代表作《咏史》八首，正反映了这种高门贵族与寒门素族之间的矛盾。"世胄蹑高位，英俊沉下僚"的现实打破了诗人的幻想，激起了他的不满和抗议，因而终于唱出了蔑视权贵的"贵者虽自贵，视之若埃尘，贱者虽自贱，重之若千钧"的诗句。高亢的激情和矫健的笔调是《咏史》的特色，这也就是钟嵘说的"左思风力"。这个"风力"是与"建安风骨"一脉相承的。左思在仕途失意之余，只能向往高蹈隐居的避世之路。这反映了作者有不与豪门士族同流合污的一面。但退隐岩穴和明哲保身毕竟是消极的，何况左思在诗中还流露出由于自己爬不上去而产生的患得患失的牢骚，就更是白圭之玷了。

刘琨出身贵公子，早年过的是浮华享乐生活。西晋末年，由于民族灾难日益深重，他思想上起了急剧变化，幡然改辙，立志报国，同敌人进行艰苦的斗争。现存他的三首诗都是中年以后的作品，充满了报国激情。但因作品过少，对后世影响不大。东晋初年，郭璞有《游仙诗》十四首，有的对贵族朱门表示了轻蔑和鄙视，有一定的现实内容；有的则表现了求仙的渺茫和伤时叹逝的感情，比较低沉阴郁。从总的倾向看，这些诗主要反映了作者逃避现实的思想，而且直接与东晋味同嚼蜡的玄言诗有关，我个人以为其影响基本上是消极的。

陶渊明一名潜，字元亮，生于东晋末年，死于南朝刘宋初年。曾祖陶侃在晋朝南渡之初虽以军功官至大司马，但因不是士族，在当时就曾被人讥为"小人"和"溪狗"。到了陶渊明这一代，家境早已没落，在等级森严的门阀制度下，他当然得不到统治阶级的重视。他在二十九岁时因贫出仕，十多年中做过几次小官，最后做彭泽县令。由于他对当时黑暗腐朽的政治和垄断了高官要职的士族集团充满了憎恶，对污浊的社会表现了一种清高孤傲的态度，"不愿为五斗米折腰"，便解职归田，坚决走上隐逸的道路，过了二十多年田园生活才死去。在他现存的一百二十多首诗中，大部分是歌咏田园的。

陶渊明是从建安到隋唐统一以前这一历史阶段中最杰出的诗人，唐宋以来的著名作家很少有不受他影响的。但在晋宋之间，不仅他的诗无人注意，连他这个人也不大受人重视。在他死后六十年，沈约第一次在《宋书·隐逸传》

中记载了他的生平，但只是看重他的行为，而不是由于他的诗。刘勰的《文心雕龙》根本没有提他，钟嵘的《诗品》虽开始注意陶诗，但也只承认他是"隐逸诗人之宗"，把他的诗仅列在"中品"。直到梁昭明太子萧统为他编集作序，并把陶诗采入《文选》，从此陶渊明在文学史上才算有了地位。陶诗所以这样不受重视，主要因为他的门第卑微。在那个门阀社会里，文权掌握在高门士族手中，只有那种"俪采百字之偶，争价一句之奇"（刘勰语）的雕章琢句的作品才能蔚成风气，为当世文坛所鉴赏崇拜；而陶诗中所反映的田园生活，在当时则被认为俚俗鄙陋。至于陶诗所具有的单纯朴素的风格和平淡自然的语言，更是不登大雅之堂的了。这清楚地说明他的作品和当时的贵族文学存在着多么大的差距。但也说明这正是陶诗最为难能可贵、最有成就的地方。

陶诗中最值得重视的是他歌颂了农村的生产劳动，而且从诗中反映出来，他本人有时也参加一些劳动。这在当时是十分可贵的。在儒家思想的影响下，封建士大夫大都鄙视劳动和劳动人民，两晋南北朝的士族尤甚。《南史·到溉传》记载到溉的祖先曾担粪自给，别人就骂他"尚有余臭"。《颜氏家训》上说："多见士大夫耻涉农务。"陶渊明却一反封建统治阶级鄙视劳动的思想，强调"力耕不吾欺"，从而在一定程度上认识了劳动的价值。如他在《庚戌岁九月中于西田获早稻》诗中一开头就说：

> 人生归有道，衣食固其端；
> 孰是都不营，而以求自安！

这种反对不劳而获的态度正是他和劳动人民间开始缩短距离的起点，因此他的思想感受通过具体劳动生活也有所改变：

> 晨出肆微勤，日入负耒还。
> 山中饶霜露，风气亦先寒。
> 田家岂不苦，弗获辞此难。

可见作者对农民从事劳动的辛苦是有体会的。

但陶渊明之所以退隐，也还有逃避现实、全身远祸的因素在内，正如他诗中所说："庶无异患干。"这条洁身归隐的道路正是他对现实有所不满而又无力加以变革的结果。虽说对封建统治者表示了一定的反抗，而其根本态度毕竟还是消极的。在陶渊明的田园生活中，除了从事有限度的劳动外，饮酒成为他主要的精神寄托。作者在诗中明确地反映出来，饮酒原是他借以解脱自己对世事不能忘怀的矛盾，其中也包含着为了"独善其身"和安于现状而采用的一副麻醉剂。因此我们对陶诗中这些饮酒为题材的篇章也应采取一分为二的态度。另外，陶诗中还宣扬了老庄思想

（因此他的诗多少也沾染了一些当时玄言诗的习气），而这种思想同样是精神麻醉剂。老庄的知足全身、乐天安命思想是同陶渊明消极退隐的人生道路十分合拍的。这就决定了陶渊明在诗歌创作中有着无可避免的局限：他不能鲜明地反映现实社会中的主要矛盾。他在有名的《桃花源诗》中赞美了一个理想的"桃花源"，并且写出了"秋熟靡王税"的名句，这无疑是应该大力肯定的；然而他对当时已成燎原之势的农民起义却全然置身事外，仿佛熟视无睹。他理想中的"世外桃源"虽在一定程度上反映出人民的愿望，而其思想基础却仍不外乎是老子的"小国寡民""老死不相往来"的观点的形象化而已。完全否定其进步意义或过分拔高和夸大陶渊明的认识水平，无疑都是不适当的。

从唐代以来，陶渊明的影响越来越大，评论陶诗的也越来越多。这里面当然就存在着两种不同的立场和观点的矛盾。很大一部分封建文人和资产阶级学者往往只把他们所偏爱的陶诗中某一方面拿来加以片面的夸大或过分的强调，并认为这就可以代表了陶诗的全部内容。这实际是曲解了陶诗，也歪曲了陶渊明。鲁迅在《"题未定"草六》中有一段十分精辟的话：

　　又如被选家录取了《归去来辞》和《桃花源记》，被论客赞赏着"采菊东篱下，悠然见南山"的陶潜先生，在后人的心目中，实在飘逸得太久了，……就是

诗，除论客所佩服的"悠然见南山"之外，也还有
"精卫衔微木，将以填沧海，刑天舞干戚，猛志固常
在"之类的"金刚怒目"式。在证明着他并非整天整
夜的飘飘然。这"猛志固常在"和"悠然见南山"的
是一个人，倘有取舍，即非全人，再加抑扬，更离真
实。……（《且介亭杂文二集》）

在《"题未定"草七》中，鲁迅又说：

> 陶潜正因为并非"浑身是'静穆'，所以他伟大"。
> 现在之所以往往被尊为"静穆"，是因为他被选文家和
> 摘句家所缩小，凌迟了。

这完全击中了封建士大夫和资产阶级学者形而上学观点的
要害。只有从鲁迅先生的这些意见深入研讨下去，才能对
陶渊明做出全面而正确的评价。

自陶渊明以后，南朝诗风日益趋向唯美主义、形式主
义的道路。刘宋时代，大贵族谢灵运以山水诗著称。实际
上他的诗并无坚实的内容，不过是过分雕饰、刻意求工的
辞藻堆砌。篇篇往往拖上一条玄言诗的尾巴，尤其令人生
厌。与谢灵运齐名的颜延之，不过是个专门从事模拟、风
格平庸的作家。倒是出身寒门的鲍照，在诗中继承了左思、
陶渊明的反门阀贵族的精神，有较高的艺术成就。特别是

他用七言乐府诗体倾诉内心慷慨奔放的感情，对唐代李白的诗歌起了较大的影响。

齐梁时代，诗歌在艺术形式上产生了较大的变化，这一阶段的作品在文学史上成为从古体诗过渡到近体诗（即律诗和绝句）的桥梁。由于声韵学的发展，作家们开始把汉语的四声（平、上、去、入）运用到诗歌的声律上，即作诗要注意每个字音的声调以及对汉语中双声叠韵的词汇的作用，这就为律诗的形成奠定了基础。齐武帝萧赜永明年间（公元483年至493年），以沈约、谢朓为代表的一批上层文人，开始写这种新体诗，号称"永明体"。但他们的创作大都内容贫乏，形式主义倾向严重。只有谢朓的山水诗较有成就，对唐诗起了一定影响。梁、陈时代，诗歌成为供封建帝王和贵族们娱乐的工具，出现了大量"宫体诗"（也包括一部分自汉魏小赋发展而来的咏物赋）。宫体诗（以及一部分咏物赋）是封建统治者宫廷中荒淫生活的反映，以描写女色为主，诗风浮艳华靡，充满色情成分。这标志着贵族文学已十分堕落。这种诗风直到初唐四杰时才逐渐有所转变，但其余波流毒却在后来的词曲中仍有所体现。

北朝统治者为了巩固政权，大都推尊儒学，用孔孟之道来钳制人民思想。同时又大肆推崇佛教，宣扬迷信，诱导人们去信教求福。因此在很长一段时期内，文学作品几乎绝迹。直到梁代的作家庾信到北周以后，才为北朝文学打开局面。庾信原是宫体诗人，曾与另一诗人徐陵齐名。他被梁朝派到北方出使之际，正值梁亡，庾信就留在北周，写了不少思念乡土、缅怀故国的诗赋。庾信在促使南北文学交流融合方面有一定贡献，成为南北朝最后一个有成就的文人作家。

自东汉经魏晋南北朝到隋代统一，诗歌的发展道路是曲折的。从"建安风骨"逐渐演变为文学逆流的宫体诗，这同当时的政治昏暗以及贵族文人的生活糜烂是分不开的。一直经过隋末农民大起义，到唐代统一以后，中国的诗歌才达到一个新的鼎盛时代。

唐诗述略

一　唐代诗歌空前繁荣的原因

我国的诗歌传统从《诗经》《楚辞》开始，经过汉魏六朝，到了唐代，出现了空前繁荣的局面。唐诗在我国文学史上的地位是非常突出的。唐朝称得起诗歌的黄金时代。人们一谈到唐诗，几乎就会想到整个中国古典诗歌，它是这样有概括性的一个概念。这是因为唐诗继承、发展了以前的文学艺术的精华，而且影响了唐以后的历代诗坛，包括词和散曲。

造成唐诗空前繁荣局面的主要原因当然是社会上的经济力量和政治条件所给予文学艺术的影响。隋代统一了南北朝，是使南北文化交流融合的主要关键，而隋末的农民起义更促进了社会的向前发展。唐王朝统治者靠农民战争统一了中国。唐初实行的均田制使原来没有人耕种的大批官田分配到那些流亡日久的农民手中，这多少缓和了阶级矛盾，从而使生产力有了较大的提高。加以国势强大，疆土扩展，海外贸易的范围因而日益广阔，刺激了城市工商业，进一步推动了生产力的发展。所以从公元618年至756年这一时期（即从唐代统一到安史之乱以前，文学史上一般称之为初唐、盛唐），才有所谓"贞观之治"和"开元全盛日"的出现。

由于生产力的发展，民族活动力的旺盛，同国内外各个民族来往的日益频繁，文化艺术自然也就繁荣起来了。音乐、舞蹈、绘画、雕刻、书法、工艺都呈现出欣欣向荣的新面貌。而作为唐代文化中最有代表性的唐诗，在摆脱了齐梁以来追求辞藻声律的形式主义的束缚以后，更出色地产生了反映那个时代精神面貌的健康的作品。在政治上，同经济状况相适应，也有了新的改变。其中较显著的一点就是用科举制度选拔人才。这就使出身较寒微的、同贵族大地主有一定矛盾的地主阶级中下层知识分子有了过问政治的机会。而考试的科目之一恰好是以诗取士。一般人为了求取功名，都从事诗歌的学习和创作。诗歌在这种风气之下，自然就更加兴盛了。

另一方面，南北的文学经过交流融合，到了唐代，造成诗歌全面发展的新局面。原来南朝士大夫在诗歌的创作技巧方面是比较成熟的，他们讲求音律辞藻，在作品中有比较细致曲折的描写，使诗歌的艺术技巧具有多样性；而北朝的民歌则更多地唱出了朴质、真挚的人民的思想感情，这种思想感情正是艺术的源泉。更由于唐代的社会变化了，诗歌不再是少数贵族手中的专利品，一些有名的作家大半来自中下层社会。他们比较接近广大人民，比较了解民间疾苦，也容易体会人民的思想感情。把这种了解和体会写到诗歌里，就使诗歌的内容更丰富，诗歌的意境也更高远。这正是唐诗所以伟大、所以突出的关键。

二　唐诗的题材和风格上的特点

唐诗内容丰富，意境高远，因而用来表现内容、传达意境的题材也是包罗万象的。在唐诗里，诗人摹绘了当时祖国每一个空间的特殊风貌——田园、山水、战场、边塞、都城、宫禁，从繁华的都会到荒远的乡村；在诗歌里描写了当时社会上的各式各样的人物形象——农民、商人、战士、知识分子、贵族以及各种不同出身、不同阶层的妇女。诗人大而可以写国家大事，批评统治者，揭露阶级社会中的种种尖锐矛盾和丑恶现实，替广大人民鸣出不平的声音；小而可以写家庭、朋友或男女间的喜怒爱憎、悲欢离合，种种细致而深刻的、看上去琐碎而实际上却很复杂的情感；进而乃至于写到人的一言一动、一颦一笑，自然景物中的一草一木、一虫一鸟，乃至于写仙佛，写僧道，写鬼怪。这样广阔的题材自然就加强了诗歌的生命，提高了诗歌的价值，从而扩大了诗歌的作用，当然对后世也自然而然产生了广泛的影响。

唐代诗歌的形式也大为丰富了。七言诗的技巧在这时完全成熟了，出现了大量的七言古诗。这是一种最新的形式，用来表达思想情感，是再自由不过，再畅达不过的了。律诗在这时也正式形成，在律诗中我们看到思想情感和音律辞藻高度地调谐一致。体裁的多样化也是把诗歌的发展带向高峰的重要因素。

南朝的诗风清新婉约、曲折缠绵，北方的诗风粗犷豪迈、刚劲雄浑。这两者相结合，又造成了唐诗在风格上的百花齐放，万壑争流。诗人或者向往田园山水，或者描绘战场边塞，或者低回身世，或者感慨兴亡，每一种内容，每一种思想感情都通过不同的题材表现出不同的风格。甚至同一流派的诗人，如王维、孟浩然、韦应物、柳宗元四家，一向是被认为唐代受陶渊明影响最深的，其诗作却各自具有独特的风貌。同样是边塞诗人，盛唐的王昌龄、岑参和中唐的李益就洋溢着彼此截然不同的神采。同样是具有浪漫气质的诗人，李贺的瑰丽而奇僻就远远不同于李商隐的绚烂而朦胧，而温庭筠的浓郁又远远不同于杜牧的清新。这只有在唐代诗坛才会如后浪催前浪一般地层出不穷。而其中几个出类拔萃的大诗人，他们的诗都呈现多种多样的风格，而在风格的多样化中又有和谐的统一——不同性质的题材具有不同的风格，不同的风格又体现统一的思想情感。堪称旷古绝今的大诗人李白，他的诗是以雄健豪放著称的，但他能写出大气磅礴的《将进酒》，也能写出悱恻缠绵的《玉阶怨》：

> 君不见黄河之水天上来，奔流到海不复回。
> 君不见高堂明镜悲白发，朝如青丝暮成雪。
> 人生得意须尽欢，莫使金樽空对月。
>
> ——《将进酒》
>
> 玉阶生白露，夜久侵罗袜；
> 却下水晶帘，玲珑望秋月。
>
> ——《玉阶怨》

从手法上看，我们几乎不相信这是出自同一诗人的手笔。然而诗中强烈的怀才不遇之感却是共同的。再如王维，他在早年能写出风光旖旎的《洛阳女儿行》，也能写出饱满遒劲、霜气横秋的《老将行》和《夷门歌》，晚年更写出与前两者迥不相侔的恬静入画的《辋川绝句》。然而贯穿在王维所有诗篇中的是那种活泼明净的盛唐情调。又如韩愈是以古诗见长的，既能写佶屈聱牙的《石鼓歌》，也能写明白如话的《山石》；然而他所有的诗篇都带有深刻老练、饱经世故的况味（近时对王维、韩愈这两位诗人的评价往往贬多于褒，其实是不够公允的）。这一切，使唐诗给祖国的文学艺术增加了光荣和骄傲。

对后世影响异常深远的大诗人杜甫的作品更是具有多样化风格而又能统一在共同的思想感情之下的一个杰出范

例。他写过《自京赴奉先县咏怀五百字》、《北征》、"三吏"、"三别",也写过《秋兴》和《咏怀古迹》。在前一组诗里,他揭露了当时的社会矛盾,反映了当时人民的苦难,表达了自己的抱负和理想;在后一组诗里,他通过对大自然景物的观察体会,通过对古人的怀念和对家乡的回忆,表现了他忧国忠君、同情人民的深厚感情。这两类作品的表现方法不同,却同样体现出作者对人生的热爱和对社会的关怀。即使歌咏一草一木,一虫一鸟,也同样表现了他宽阔的胸襟、豪迈的气概、健康的倾向。他在安史之乱的颠沛流离中间写出了"杜陵野老吞声哭,春日潜行曲江曲"(《哀江头》),"感时花溅泪,恨别鸟惊心"(《春望》),"明日隔山岳,世事两茫茫"(《赠卫八处士》)这些沉痛忧郁的诗句;在成都,由于环境的暂时安定,就写出了"随风潜入夜,润物细无声"(《春夜喜雨》),"花径不曾缘客扫,蓬门今始为君开"(《客至》),"两个黄鹂鸣翠柳,一行白鹭上青天"(《绝句》)这些清新明快的诗句。心境虽有苦乐之分,作品的风格虽有沉郁和明朗的不同,但感情同样是肫挚的,对待人生的态度始终是执着的。这种题材和风格的多样化足以表明一些唐代大诗人在创作上的全面性。

三 初唐的诗歌

前人把唐代诗歌发展的过程分成初唐、盛唐、中唐、晚唐四个时期。这很有道理，因为每一阶段确有它的特色。大致说来，从唐代统一（公元 618 年）到唐玄宗即位以前（公元 712 年）是初唐时期。这段时间里，诗坛总的倾向是从六朝的纤巧浮艳、讲求声病的束缚中经过洗伐而摆脱出来，走向活泼清新的大道。这一倾向充分反映了这个统一的王朝正在向发展的道路上前进。但在唐代开国之初的四十多年中（约自公元 618 年至 660 年），从梁陈以来一直流行的宫体诗的影响还是很大的。被网罗在皇帝文苑中的一些贵族气十足的诗人，除了写出为数甚多的富丽典雅的应制诗外，十之八九都沉湎在那种轻佻萎靡的艳情诗里，大多数诗篇依然保持了那种施铅华、尚堆砌的浮艳风气。表面上充满了璀璨耀眼的辞藻，内容却苍白无力，甚至是腐朽堕落的。这一方面是由于意识形态的改变总比社会的经济基础的改变稍稍迟缓；另一方面也由于满足现状的心理在支配人们的思想。像当时负盛名自成一体的宫廷作家上官仪，他所写的一些宫体诗和应制诗不过是用褪色的陈词滥调堆砌成的色情或颂圣之作而已。

然而时代的声音还是在个别作家的某些作品中透露了出来。即使这些作品深度不够，而作者又并非专门从事创作的诗人，但毕竟反映了当时比较真实的生活现实。像辅佐唐太宗开国的魏徵就写过一首雄浑苍劲的《述怀》：

中原初逐鹿，投笔事戎轩。纵横计不就，慷慨志犹存。杖策谒天子，驱马出关门。请缨系南粤，凭轼下东藩，郁纡陟高岫，出没望平原。古木鸣寒鸟，空山啼夜猿。既伤千里目，还惊九折魂。岂不惮艰险，深怀国士恩。季布无二诺，侯嬴重一言。人生感意气，功名谁复论。（据《全唐诗》引）

这首诗虽不够蕴藉，却表明了生活在这个时代，英雄是有用武之地的。因此艰险可以克服，事业获得成功也不难。这正意味着社会在向上向前发展。又如唐太宗所推许的虞世南写过一首著名的五言绝句《蝉》：

> 垂緌饮清露，流响出疏桐。
> 居高声自远，非是借秋风。

他用比兴的手法写出一个为统治阶级所倚重的知识分子的清狂自负的形象。这就迥然有别于那群甘受帝王豢养的帮闲弄臣。人民心目中自然对这两者也就有了不同的估价。他的另一首《咏萤》：

> 的历流光小，飘飖弱翅轻。
> 恐畏无人识，独自暗中明。

它在技巧上诚然不如杜甫写的"暗飞萤自照"，在思想内涵和艺术造诣上更不及晚唐李商隐所写的"于今腐草无萤火，终古垂杨有暮鸦"（《隋宫》），可是杜诗总有点顾影自怜的意味，而李诗更显得十分衰飒暗淡，不像虞诗所写纵然"光小""翅轻"，总还有同无边暗夜较量一下的勇气。可见在大乱之后，即使是小人物也有了"暗中明"的机会。

对初定天下的新统治政权抱有对立情绪的遗民也并不乏其人，诗人王绩就是有代表性的一个。他写过一首《野望》：

> 东皋薄暮望，徒倚欲何依？
> 树树皆秋色，山山唯落晖。
> 牧人驱犊返，猎马带禽归。
> 相顾无相识，长歌怀采薇。

这首诗从形式看，是一首完整而工稳的五言律诗，虽然律诗在王绩死后几十年才完全成熟。从内容看，作者的主观情绪是消沉寂寞的，因为他以遗民的身份、立场来看新朝，感到一无相识，徒倚无依，甚至想念那采薇而作歌的伯夷叔齐。然而从诗的客观效果看，并不符合诗人的主观愿望。这里的"秋色""落晖"不仅没有衰飒气味，而且反使人有天高气爽的明净之感。因为"落晖"射及的范围相当普遍，诗人的视野也极广阔，这就造成一种开朗而带有展望的局面。"牧人""猎马"两句更反映出一片承平景象，读者感受到的是宁谧悠闲的生活气息，再也接触不到作者心情上的凄凉寥落。可见初唐时候，人民的生活确比隋末要安定得多了。

上述的例子毕竟是个别的。真正改变那种柔弱轻浮的"江左遗风"的还要推初唐四杰，即王勃、杨炯、卢照邻、骆宾王。他们开始写作的时间都在 7 世纪 60 年代以后。由于前五十年的安定生活促进了文化艺术的发展，到这时候，这一班才华洋溢、富有侠气的青年士子就有更多表现自己的机会。他们已在尝试把秾丽浮华的宫体余风纠正过来，走上比较健康的方向。四杰在诗歌方面所完成的使命有两个：一是七言古诗的推动，一是五言律诗的成熟。七言古诗虽然在四杰诗里还存留齐梁以来追求声病、堆砌辞藻的遗迹，然而内容革新了，篇幅扩展了，题材丰富了，他们的作品给诗歌带来了新气息。像卢照邻的《长安古意》、骆宾王的《艳情代郭氏答卢照邻》，尽管词句间还不免受到六朝人残膏剩馥的沾溉，然而内容已有很大的不同。举《长安古意》为例：

……

节物风光不相待，桑田碧海须臾改；

昔时金阶白玉堂，即今唯见青松在。

寂寂寥寥扬子居，年年岁岁一床书；

独有南山桂花发，飞来飞去袭人裾。

不仅在音节上和修辞方面脱离了齐梁声病的羁绊，而且内容也同那些无病呻吟或者玩物丧志的艳情诗截然两样了。诗人在这里用了象征知识分子思想感情的"青松"来否定"金阶白玉堂"的庸俗龌龊。这在当时是应当肯定的。此外像王勃的《滕王阁诗》：

> 滕王高阁临江渚，珮玉鸣鸾罢歌舞。
> 画栋朝飞南浦云，珠帘暮卷西山雨。
> 闲云潭影日悠悠，物换星移几度秋。
> 阁中帝子今何在，槛外长江空自流。

把"阁中帝子"同"长江"只做简单的对比，立刻给人一种超脱凡俗、忘情声色的高远气象；而诗的意境也格外显得深入浅出，然而又是如此情韵不匮。这真可见从内容到形式都得到大开大阖的解放了。

至于五言律诗，在四杰手里，技巧的纯熟洗练和思想情感的形象化已逐渐达到谐调一致的地步；而在内容方面，则从歌颂帝王威福转到抒写个人性情，从宫观台榭移到江山塞漠，从人为的揣摩模拟变为自然的真情流露。像王勃的《送杜少府之任蜀川》：

> 城阙辅三秦，风烟望五津。

与君离别意，同是宦游人。

海内存知己，天涯若比邻。

无为在歧路，儿女共沾巾。

尽管三、四两句还不是工稳的对仗，可是全诗的节奏已表现出一种不可分割的协调。五、六两句传诵千古，其好处在于作者不仅把自己的情感写得那样健康，而且还体现出国家承平、宇内一统的兴盛景象；不仅缩短了空间的距离，而且缩短了甚至消弭了人与人之间的距离：这该是多么肫挚的感情，多么宽阔的胸襟！然则前四句的"三秦""五津""离别""宦游"都了无挂碍，所以末两句水到渠成地说：我们又何必儿女情长呢？这实在是完整的真正唐音的抒情诗正格。

它如杨炯的《从军行》，骆宾王的《在狱咏蝉》等五律名篇，也都能达到情景交融的境界。他们的情感是那样慷慨高洁，他们所描写的客观事物又是那样细致而峭拔，这就形成了形式和内容的谐调一致。杜甫称四杰的成就为"江河万古流"，是有道理的。

稍后一点，到了沈佺期、宋之问手中，七言律诗也成熟了。这种新格律的形成可以说给盛唐诗打下基础，做好准备。可惜沈、宋的诗思想太平庸，技巧虽熟练而意境却欠高远，在题材方面也没有跳出宫体诗的圈子。姑举沈的《古意》（一名《独不见》）作例：

卢家少妇郁金堂，海燕双栖玳瑁梁。

九月寒砧催木叶，十年征戍忆辽阳。

白狼河北音书断，丹凤城南秋夜长。

谁谓含愁独不见？更教明月照流黄。

直到更晚一点的陈子昂异军突起，才把初唐百年来一直未能彻底洗伐的"江左遗风"整个涤荡干净，且大力标榜"汉魏风骨"。因为陈是盛唐诗坛的揭幕人，且留到下一节里再谈。

四　盛唐的诗歌

从唐玄宗开元元年（公元 713 年）到唐代宗永泰元年（公元 765 年）的五十多年是所谓的"盛唐"时期。由于当时社会急剧地向前发展，诗歌呈现了蓬勃饱满的青春气息。这时期可以说是唐诗发展的最高潮。著名的作家多到不胜枚举。诗歌的内容极广泛，各种诗体的发展都趋于完备。这一时期，五言、七言律诗的创作有更高的成就，而运用得最普遍的形式还要推七言古诗和五言、七言绝句。这时期的诗歌所表现的基本倾向是这样：思想是乐观健康的，情操是奔放昂扬、无拘无碍的，格调是爽朗明快、新鲜活泼的，语言是清新流畅、深入浅出的。即使是暴露社会的黑暗面，吐诉人间的不平，也显得波澜壮阔，敢怒敢言，并带有豪迈高远的进取心和强烈执着的解放要求——这就是后人所称道的"盛唐气象"。

盛唐诗坛的揭幕人，应该说是陈子昂。他虽死在唐玄宗即位以前，但他是把唐诗推向高潮的先驱者。他提倡汉魏风骨，强调要把诗歌从轻浮华丽的齐梁诗风里解放出来，并努力引向面对现实的道路。他慷慨高歌，唱出激昂悲壮的情感。如著名的《登幽州台歌》：

> 前不见古人，后不见来者。
> 念天地之悠悠，独怆然而涕下！

这首诗表面上看来好像思想沉重，气氛悲凉，但其意境是深远的，气魄是雄伟的。他感伤，是由于想到在无穷无尽的时间长河里，在永恒的天地间，应该怎样做一个承先启后的人。他把自己摆在一个顶天立地的地位，要从古人手中把照亮了人类的火炬接过来，并把它传给后世。可是他没有找到实现他这个壮举的机会，于是在寂寥苍茫的感受中唱出了自己的抑郁不平。这正是对那个时代提出的更高要求。

在陈子昂之后涌现出的大批作家，如崔颢、王湾、王昌龄、王之涣等，在当时都负盛名。崔颢的《黄鹤楼》是李白也佩服得五体投地的一首七律：

昔人已乘黄鹤去，此地空余黄鹤楼。

黄鹤一去不复返，白云千载空悠悠。

晴川历历汉阳树，芳草萋萋鹦鹉洲。

日暮乡关何处是？烟波江上使人愁。

律诗一般说是不允许用重复的词汇的，而且中间四句应该两两对仗。这首诗前四句一连用了三个"黄鹤"，两个"去"和两个"空"，三、四两句又是一气呵成，不做对仗，显得音节嘹亮，气势酣畅，念起来高亢有力。作者在形式上冲破了格律的束缚，使全诗增加了浩荡充沛的活力，并给人一种要求解放的启示。更重要的是前四句运用空灵缥缈的想象，把对于时间的感觉用空间的观念和事物的形象交错地表达出来，使读者进入一个深邈高远的境界。结尾处写到自己由于远离家乡而愁闷，同时又点明当时已是黄昏，这就使人联想到时光也在飞逝，因而显得格外意味深长。这种遒劲而复杂的笔力和手法，只有在盛唐诗里才找得到。

同崔颢这首诗有异曲同工之妙的是王湾的一首五律《次北固山下》：

客路青山外，行舟绿水前。

潮平两岸阔，风正一帆悬。

> 海日生残夜，江春入旧年。
>
> 乡书何处达？归雁洛阳边。

用"青山""绿水"开头，给人以眼明心亮的愉悦之感。三、四两句进一步把人带到一种和平静谧的环境里，显得天地宽阔，胸襟开朗。五、六两句写海上的红日冲破黎明前的黑暗，新生的春意已渗入垂尽的残冬，这该使旅人多么欣慰，多么乐观！从来以游子为主题的诗篇多带感叹情调，就连崔颢的《黄鹤楼》也不免有"使人愁"的描写；而这首诗却写得这么欣欣向荣，展望无际。这就是标准的盛唐诗。末两句的大意是：再过不久又是春天了，我要叮嘱飞回北方去的大雁替我捎一封平安家信到我的故乡洛阳。这里作者虽然多少也流露出一点怀乡的寂寞，但心情是有寄托的，好像可以安心飘荡在江湖之上，乐于做一个天涯游子。

由于唐代统一后国势强盛，版图日广，到了盛唐，很多作家都写出大量描绘边塞风光的诗篇。王翰、李颀、高适、岑参都是这方面杰出的作家。另外以绝句享名于后世的王昌龄和王之涣也都写过不少有关边塞的名篇。王翰的《凉州词》可算是一首代表作：

> 葡萄美酒夜光杯，欲饮琵琶马上催。
>
> 醉卧沙场君莫笑，古来征战几人回？

诗中抒情主人公的心境并不一定是愉快的，但表现的气氛却洒脱豪放，带有健康的浪漫色彩。王昌龄的《从军行》和《出塞》更从不同的角度写出战士的心情：

青海长云暗雪山，孤城遥望玉门关。

黄沙百战穿金甲，不破楼兰终不还。

——《从军行》

秦时明月汉时关，万里长征人未还。

但使龙城飞将在，不教胡马度阴山。

——《出塞》

前一首写战士捍卫疆土的决心，后一首则流露出征人忧国思乡的幽怨。至于王之涣的《凉州词》更是脍炙人口的名作：

黄河远上白云间，一片孤城万仞山。

羌笛何须怨杨柳，春风不度玉门关。

通过景物的形象来传达征人的思想感情，这该是边塞诗中抒情的绝唱。

盛唐诗中所表达的主要是那种饱满而健康的青春气息。

这在诗人王维的作品中表现得比较突出。他早年写的《少年行》和《送元二使安西》都充分说明这一点：

> 新丰美酒斗十千，咸阳游侠多少年。
> 相逢意气为君饮，系马高楼垂柳边。
>
> ——《少年行》

> 渭城朝雨浥轻尘，客舍青青柳色新。
> 劝君更尽一杯酒，西出阳关无故人。
>
> ——《送元二使安西》

特别是前一首，显然在青春活力中还加上了浪漫气质，才写得如此洒脱天真，可是晚年的王维把思想感情都沉浸在田园山水之间，只着重创作一些描写自然景物的诗篇了。如《辋川绝句》中的一首《竹里馆》：

> 独坐幽篁里，弹琴复长啸。
> 深林人不知，明月来相照。

幽静是幽静极了，却未免过于孤独寂寞，仿佛有东方朔说的"水至清则无鱼"和苏轼说的"高处不胜寒"的味道。这同王维逃避现实的消极思想是分不开的，而与王维齐名的孟浩然，由于长久过着隐居生活，对田野农村比较熟悉，

他的诗就比较有"人情味"。我们读他的《过故人庄》就感
到颇为亲切：

> 故人具鸡黍，邀我至田家。
> 绿树村边合，青山郭外斜。
> 开轩面场圃，把酒话桑麻。
> 待到重阳日，还来就菊花。

又如他有名的《春晓》：

> 春眠不觉晓，处处闻啼鸟。
> 夜来风雨声，花落知多少！

只是轻描淡写地勾勒出一幅一尘不染的园林景色，却在平
静和煦的感受中给人以蓬勃饱满的印象。这儿的"风雨声"
丝毫没有煞风景的意思。一夜的风雨虽然吹落了、打掉了
不少花朵，可是不久的将来必然会有一个更加繁茂的万紫
千红的世界，因为这毕竟是春暖花开的季节，我们从"啼
鸟"声中就可听出其中的消息。到了这一时期，轻浮秾艳
的六朝诗风已完全被健康爽朗的盛唐情调所代替了。

五 李白和杜甫

盛唐时期值得骄傲的是出现了我国文学史上两位最伟大的诗人李白和杜甫。他们的艺术成就成为后世的楷模，他们的思想境界达到唐诗发展的最高峰，他们的创作活动代表了整个唐代诗坛，然而这两位诗人的作品，无论是内容或风格，都有着显著的不同。李白的作品主要是反映了盛唐时期封建社会的上升阶段，而杜甫诗中所反映的主要是安史之乱前夕"山雨欲来风满楼"的局面和安史之乱过程中，以及大乱后人民生活于颠沛流离之中的现实情景。再加上两位诗人的经历和性格也不同，他们的诗的风格自然互异了。

唐玄宗开元元年，李白才十三岁。到天宝十四载（公元755年）安禄山起兵作乱，李白已五十五岁了。肃宗宝应元年（公元762年）安史之乱结束，而李白也就在这一年病死于安徽。他一生经历了整个盛唐时期，因此，他的诗最能鲜明地、全面地反映这个时期的精神面貌。加上李白自己又是富有浪漫气质的人，在他的诗歌里，无论是"飞扬跋扈"的盛年还是衰老悲愁的晚年，始终充满了追求理想和渴望个性解放的精神，所以他的作品就更能代表当时社会那种繁荣富庶、健康爽朗的上升气象。

李白在年轻时就好游历名山大川，写了不少歌颂祖国壮丽河山的诗篇。壮年以后，更多的作品是写对任侠和求仙的向往。任侠是表现了一种对自由而浪漫的生活的追求和对不合理社会现象的反抗，求仙则表现了他对现实生活和社会秩序的不满，要求在精神上得到高度的解放。天宝元年（公元742年）李白到长安，在皇帝身边前后住了近三年。这时唐玄宗已由励精图治转变为荒淫享乐，政治日益腐化，阶级矛盾和民族矛盾都逐渐表面化和深刻化。由于李白对唐王朝统治集团的腐朽和罪恶有比较清楚的理解，他的雄心壮志自然也开始幻灭，于是他写了一些揭露当时黑暗现实的诗，也写了一些不肯向权贵低头折腰的诗。特别是在他晚年，由于国家的动乱和他本人的痛苦遭遇，他诗中表现社会矛盾和个人忧愁也比较多起来了，但即使属于这一方面的作品，仍旧具有他那独特的豪放昂扬的劲头和不受羁勒的反抗情绪。这就说明李白一生始终保持着他那种豪迈的进取心和顽强的生命力。

杜甫和李白不同。他比李白小十一岁，比李白晚死八年。安史之乱前，李白已是"名播海内"第一流的大诗人，而杜甫在诗歌方面的成就这时还没有显著地表现出来。杜诗中大部分为后世所传诵的名篇都是在安史之乱前夕和乱后写的。其特点主要是把当时社会从繁荣走向衰落这一过程中，人民所感受到的东西如实地记录下来了。安史之乱前夕，反映在他诗里的主要是对现实的不满和对国事的隐忧；从安史之乱起直到他贫病交迫而死，反映在他诗里的是同情人民、眷恋乡土、深刻揭露社会上种种不合理的现象等一系列的主题。这是因为杜甫一生始终过着艰难困苦的日子，才使他有机会了解到民间疾苦。这同李白诗歌里所反映的主要内容有着显著的区别。

从艺术的表现手法看，他们更是各有千秋。李白的情感永远是奔放洋溢的，他直率地唱出了内心的热忱和愿望。杜甫的感情虽也同样深厚，但表达时却比较含蓄蕴藉，不肯一语道破。如李白的《赠汪伦》：

> 李白乘舟将欲行，忽闻岸上踏歌声。
> 桃花潭水深千尺，不及汪伦送我情。

表现自己对朋友的肫挚情谊是这样直截了当。杜甫的《江南逢李龟年》就不同：

> 岐王宅里寻常见，崔九堂前几度闻。
> 正是江南好风景，落花时节又逢君。

真所谓满腔心腹事，尽在不言中，写到"又逢君"便欲说还休地顿住了，更多的言外之意留给读者自己去体会。李白明快澄澈，杜甫吞吐含蓄。这正是两人风格、手法的迥不相侔处。

即使是同样的题材和同样的情感，两人的处理方法和感受过程也有极大的差异。李白诗中最常见的题材莫过于月和酒，杜甫也有不少写月和酒的名作。我们姑且从这方面比较一下。

李白一向把月亮当成亲密的知心伴侣，他对着月亮经常天真而豪爽地倾吐着恳切而炽烈的感情。他说："举杯邀明月，对影成三人。"（《月下独酌》）又说："暮从碧山下，山月随人归。"（《下终南山过斛斯山人宿置酒》）又说："月出峨嵋照沧海，与人万里长相随。"（《峨嵋山月歌送蜀僧晏入中京》）在他的笔下，月亮是那样的亲切带有人情味，是完全可以同诗人引起共鸣的。因此，他对月亮就产生了不少天真烂漫的念头，如"小时不识月，呼作白玉盘；又疑瑶台镜，飞在青云端"（《古朗月行》），"俱怀逸兴壮思飞，欲上青天揽明月"（《宣州谢朓楼饯别校书叔云》），都是一个具有赤子之心的人的想象。而杜诗里的月亮恰好相反：正因为它不能与诗人共鸣，所以更引起诗人的愁闷。像杜甫陷在长安时所写的《月夜》：

> 今夜鄜州月，闺中只独看。
>
> 遥怜小儿女，未解忆长安。
>
> 香雾云鬟湿，清辉玉臂寒。
>
> 何时倚虚幌，双照泪痕干？

在这样一首儿女情长的诗里，月亮只是作为抒发情感的媒介。它对于诗人的喜怒哀乐并不发生共鸣，诗人只是从月光的皎洁美丽联想到自己的家庭和身世，把客观的美同主观的忧愁做强烈的对比。又如另外一首《月》：

> 天上秋期近，人间月影清。
> 入河蟾不没，捣药兔长生。
> 只益丹心苦，能添白发明。
> 干戈知满地，休照国西营。

一面承认蟾兔永生不灭，一面却责备月亮对人世的无知，不能体会诗人内心忧国思家的辛酸苦痛，因而月光的皎洁澄澈反而成为无可奈何的、多余的东西，无怪诗人终于吟出"中天月色好谁看"（《宿府》）的诗句了。杜甫对月亮也发挥过想象力，他说："斫却月中桂，清光应更多；仳离放红蕊，想像嚬青蛾。"（《一百五日夜对月》）可是这里显然包孕着强烈的憎嫌意味，有更浓厚的现实寓意。这种深刻细致，然而曲折吃力的写法比起李白天真烂漫的歌唱来，真是不可同日而语了。

李白和杜甫都是一生不离酒的人，可是两人在诗中所表现的饮酒情景却各不相同。李白有过肥马轻裘、挥金如土的生活，所以他说："五花马，千金裘，呼儿将出换美酒，与尔同销万古愁。"（《将进酒》，下同）而杜甫即使在比较得意时也要"朝回日日典春衣"，才能"每日江头尽醉归"（《曲江》）；而最初困居长安时，只有"日籴太仓五升米"（《醉时歌》，下同），才能与好友郑虔勉强一醉。李白一向以"痛饮"出名，他"会须一饮三百杯"；可是杜甫却说："不须闻此意惨怆，生前相遇且衔杯"。这显然与李白的放达坦率不同，而是在处境窘厄的沉重压力下，经过艰苦的挣扎之后得到的暂时解脱。李白晚年在安徽过着非常愁苦的生活，但他那"一醉累月轻王侯"（《忆旧游》）的狂傲本色并未消失。我们读到他"抽刀断水水更流，举杯消愁愁更愁"（《宣州谢朓楼钱别校书叔云》）的句子，依然为他那洒脱的神采和恢宏的气度所感染，觉得即使是他的烦恼忧愁也都赤裸裸地毫无假借，而杜甫在他的名篇《登高》的后四句里所表现的情感却曲折复杂多了：

> 万里悲秋常作客，百年多病独登台；
> 艰难苦恨繁霜鬓，潦倒新停浊酒杯。

身去故乡万里，过着多年漂泊的羁旅生涯，又遇到百物凋伤的秋天，自己一天天老了，身体又非常衰弱，偏偏一个人孤寂地来此登高凭吊……这些条件凑到一起，怎不令人感到"艰难苦恨"而白发日生？读者会问：为什么不借酒浇愁呢？可是谁又能想到诗人刚刚把酒杯放下！这时简直连酒也无法使他解脱了。李白写酒，往往是意境高超渺邈，远离尘世；而杜甫在这四句诗中所体现的意境则是幽邃深刻，入木三分。

此外，李白说"白发三千丈，缘愁似个长"，杜甫却说"白头搔更短，浑欲不胜簪"。李白自比为大鹏和骏马；杜甫却说"饥鹰未饱肉，侧翅随人飞"。这一切，都反映出两个诗人不同的面貌。用李白自己的话说，他的诗是"清雄奔放"，"光明洞彻，句句动人"；杜甫也说李白"笔落惊风雨，诗成泣鬼神"。而杜甫的诗虽没有李白那样天马行空，不可羁勒，却以"沉郁顿挫"见长，显得更有潜力，更有后劲。杜甫说他自己"语不惊人死不休"，可见他自己也承认是以功力取胜的。我们正应该从这些地方去分析李、杜的区别和他们各自具有的独到之处。

六　中、晚唐的诗歌

中唐，一般指唐代宗大历元年（公元 766 年）到唐文宗太和九年（公元 835 年），晚唐指唐文宗开成元年（公元 836 年）到唐代灭亡（公元 907 年）。中唐前期，由于安史之乱初平，国家得到暂时安定，城市工商业仍旧比较繁荣，商业资本还在要求发展，但农村在战乱之余，加上地主大量兼并土地，民生日见凋敝。更因为安史之乱的平定是借助于外力，吐蕃、回纥的势力越来越大，形成了强邻压境的局面，民族矛盾并没有得到真正的解决。国内则藩镇割据，宦官专权，士大夫各立门户，形成宗派斗争，统治阶级内部矛盾也日益深化。到了中唐后期，剥削阶级加于广大劳动人民身上的负担日益沉重，农村生产力自然遭到大规模的破坏。所以到晚唐，终于爆发了以王仙芝、黄巢为首的农民起义。这时外来敌人已深入脏腑，唐皇室又日益腐化，在军阀势力的宰割控制下，这个曾经兴盛富强的大唐帝国，在统治了近三百年之后，终于灭亡了。

大历年间，诗坛上出现以钱起、韩翃等十人为代表的"十才子"诗派。他们的诗歌在内容上反映了对盛唐时期生活的向往，对从安史之乱以来由于战争所造成的没落局面的惋惜和凭吊，但从作品本身价值来看，究竟不免缺乏深度和热情。在形式方面，这些作家虽极力想追摹盛唐，运用华美的语言和熟练的技巧，希望重新获得绚烂缤纷的局面；但由于他们缺少丰富的生活和充沛的活力，不免使艺术技巧和思想内容脱节。实际上当时的现实生活与盛唐时期的上升阶段已有不小的距离，只靠少数士大夫的主观愿望已无法点缀升平，所以这一诗派不过昙花一现，对后世的影响是相当微弱的。韩翃有《寒食日即事》：

> 春城无处不飞花，寒食东风御柳斜。
> 日暮汉官传蜡烛，轻烟散入五侯家。

它表面写贵族的豪华生活，骨子里已含有深曲的讽刺。这正说明唐王朝表面的承平景象是不长久的了。

中唐时期写边塞风光的诗已不绝如缕，只有李益还略具盛唐规模。如《夜上受降城闻笛》：

> 回乐峰前沙似雪，受降城外月如霜。
> 不知何处吹芦管，一夜征人尽望乡。

这多少还有点悲凉苍劲的气概。到了晚唐，由于外敌的强大和皇室的衰微，写边塞主题的诗歌就显得凄凉暗淡，再没有从前那种健康遒劲的风骨了。像陈陶的《陇西行》：

> 誓扫匈奴不顾身，五千貂锦丧胡尘。
> 可怜无定河边骨，犹是春闺梦里人。

这不俨然是一首哀愁的挽歌嘛！而张乔的《河湟旧卒》，写一个老兵自庆生还，照理讲应该是比较愉快的，但恰恰相反，无论从诗的内容和情调看都反映出衰世的风貌：

> 少年随将讨河湟，头白时清返故乡。
> 十万汉军零落尽，独吹边曲向残阳。

这同王翰的《凉州词》恰好成为鲜明的对照。

正是由于中唐以来社会矛盾日益尖锐，一些有抱负的诗人往往被个人所遭受的苦难所压抑，就只好走到逃避现实的路上去。连早年最有战斗勇气的杰出诗人白居易，到晚年也不免要走这一条消极颓放、明哲保身的路。代表这一类型的作家，早期有刘长卿和韦应物（他们都是盛唐时期的过来人），晚一点的有柳宗元。他们本身虽然在做官，可是经过宦海沉浮，逐渐消磨了斗争的锋芒和锐气。他们只能孤芳自赏，以寂寥萧瑟的诗篇来寄托自己的孤独。刘长卿的名诗如《逢雪宿芙蓉山主人》：

日暮苍山远，天寒白屋贫。

柴门闻犬吠，风雪夜（一本作"未"）归人。

意境虽深远，形象虽生动，心情却是枯寂的。韦应物虽写过"邑有流亡愧俸钱"的名句，但他的主要作品还是写隐逸，如有名的《滁州西涧》：

独怜幽草涧边生，上有黄鹂深树鸣。

春潮带雨晚来急，野渡无人舟自横。

幽草生在涧边，已自楚楚可怜；虽有黄鹂，却鸣于深树，听去亦复遥远。"春潮带雨"仿佛很热闹，可是在这儿竟连人迹都没有，真是太萧瑟凄清了。柳宗元在政治上是失意的，他那种孤芳自赏的寂寞情怀就格外突出。如他的《江雪》：

> 千山鸟飞绝，万径人踪灭。
>
> 孤舟蓑笠翁，独钓寒江雪。

还有一位著名诗人刘禹锡，他早期宦途的崎岖基本上同于柳宗元，而晚年流连光景的情趣又近似白居易，却以冷眼旁观的态度写出了世态炎凉："沉舟侧畔千帆过，病树前头万木春。"当然，这里边也透露了一个封建王朝江河日下的消息。因为这些人的或高翔远引洁身自好，或骚怨盈怀嫉邪愤世，多半是由于社会日趋没落、贵族统治集团日趋腐化的局面促成的。

中唐以来，真正成为诗坛主力的是一些继承了杜甫诗歌中具有现实主义精神的优良传统的诗人。他们用诗歌反映了人民沉重的苦难和痛苦的呻吟，并在一定程度上表示了抗议。他们的作品是中唐以来诗坛上的新成就。在这个现实主义传统的奠基人杜甫之外，还有一个曾与杜甫唱和过的元结，对发扬这一传统曾做出贡献。元结用朴实无华的语言向剥削阶级投射了冷嘲热讽，对官吏任意荼毒无辜人民表示了严正的抗议。骂官吏连"贼"都不如（《贼退示官吏》）。另外，他在《农臣怨》中写道：

> 巡回官阙傍，其意无由吐。
>
> 一朝哭都市，泪尽归田亩。

对剥削阶级的怨怒不平，都被诗人沉痛而犀利地描写出来了。

元结以后，有顾况、张籍、王建、元稹、李绅等人，都有一些反映社会现实矛盾的作品，而其中最为杰出的是白居易。他继承了杜甫的优良传统，受到元结、顾况的影响，同他的朋友元稹、李绅等都抱有同样志趣，力图用诗歌来反映社会现实。他写了大量有关这方面的作品，最著名的是《秦中吟》十首和《新乐府》五十首。

《秦中吟》主要是反对封建统治者对劳动人民的过分剥削（如《重赋》"夺我身上暖，买尔眼前恩"，《买花》"一丛深色花，十户中人赋"），反对统治者用人民的血汗做他们荒淫无度的挥霍之资（如《伤宅》《轻肥》《歌舞》等篇），并对无告的百姓寄予同情（如《议婚》《立碑》等篇）。《新乐府》更较为全面地反映了当时社会的各个角落，反对统治者的残酷剥削（如《杜陵叟》《卖炭翁》）和荒淫腐朽（如《缭绫》《红线毯》），痛恨战争给人民带来的祸患（如《新丰折臂翁》）和教化风俗的堕落（如《时世妆》）。他看到唐室对外来入侵势力妥协，便发出了沉痛的警告和精辟的讽喻（如《阴山道》《西凉伎》）；他看到社会上家庭问题和社会问题的严重，便写出同情妇女和儿童的呼吁之词（如《母别子》《盐商妇》）。他还写了不少与这两组诗歌性质相近的讽喻诗，如《村居苦寒》《观刈麦》

等，都比较著名。这些作品在文学史上一直闪着耀目的光辉。

白居易还有两首脍炙人口的长诗，即《长恨歌》和《琵琶行》。这两首诗写到阶级矛盾，写到社会现实，也写到爱情，但它们之所以传诵千古，主要是内容情节的感人和作者艺术描绘上的突出的成功。他运用熟练的技巧和通俗的语言，以深入浅出的抒情手法写出了"老妪都解"的完整的故事情节。这就形成了一种诗歌的新风格、新流派，后世称之为"长庆体"（长庆是唐穆宗的年号）。

晚唐以来，继承杜甫、白居易这一具有现实主义精神的诗歌传统的作家还不少。相传曾与黄巢合作过的隐逸诗人皮日休就模仿《新乐府》写过十首《正乐府》。出身贫困的诗人聂夷中，流传到今天的诗篇虽不多，但有几篇是很能反映劳动人民困苦生活的力作。如他的《伤田家》：

> 二月卖新丝，五月粜新谷。
> 医得眼前疮，剜却心头肉。
> 我愿君王心，化作光明烛。
> 不照绮罗筵，只照逃亡屋。

语言通俗洗练，用意深切著明，实在是难得的作品。公元879 年，即黄巢起义形势最好、兵力最盛的一年，诗人曹松写了两首题为《己亥岁》的七绝，其一是：

　　　　泽国江山入战图，生民何计乐樵苏？
　　　　凭君莫话封侯事，一将功成万骨枯。

诗中鲜明地道出了对利用人民流血牺牲来换取高官厚禄的统治者的憎恨，唐朝在此后不久就灭亡了，可是这个现实主义精神的诗歌传统却至今不曾衰歇。这正是唐诗的精英所在。

　　与张籍、元稹、白居易同时，还有另一种诗歌流派，这就是以韩愈为代表的"苦吟"派。这一派的特点是在语言风格方面独辟蹊径。韩愈之外，还有孟郊、贾岛、卢仝、李贺、刘叉等人，而以李贺的诗作格外突出。这些作家致力语言的艰深险怪，追求意境的幽邃新奇，用人为的刻镂代替自然的流露，为了追求"语不惊人死不休"的境界而走入曲折晦涩的羊肠小路。在这一批诗人中，年轻的李贺在艰深奇特之外还用绚丽多姿的想象和出人意表的辞藻给他的诗篇笼罩上一层迷离惝恍的神秘色彩。这一派诗人所以走这条路也并非偶然。首先，这是一个由盛而衰的苦难时代。像韩愈早年，以及孟、贾、卢、李等人的一生，都过着比较困苦的生活，他们的心情沉重，处境愁苦，反映在作品中的思想感情也就比较曲折吃力。其次，他们的文学主张是强调复古的，经常把一些散文的表现手法运用到诗里，形成一种峭刻幽深的风格，具有古奥险隘的特点，而缺乏明快激扬的气氛。如韩愈的《石鼓歌》，从事实到议论，从外在的描写到内涵的意境，从辞藻音节到语法结构，都呈现一种波澜起伏、独辟蹊径的倾向。这个倾向经过善于以瑰丽辞章编织幻想谱成篇什的李贺，到了晚唐李商隐的作品里，就发展成为词采的雕绘和风格的沉隐，成为唐代诗坛最后的一朵奇葩。韩愈他们这一派的风格特点不仅影响到李商隐，还影响了宋诗。

作为晚唐诗歌的主流是爱情诗。这种爱情主题显然是从民间自中唐以来盛行的讲唱文学以及受民间文艺影响极大的传奇小说移植过来的。它的内容不再是六朝以来的"游子""闺怨"那一套，而是不同阶层、不同阶级之间的青年男女对爱情的执着追求。这些青年男女——像进士和妓女、知识分子和女道士、士大夫和宫廷中的妃嫔等——都想冲破礼教的大防和阶级的制约，去追求那种带有浓烈的个性解放倾向的爱情生活。这显然是唐诗里面的新东西。而用来表达这种主题的形式也有它的特色，那就是：通过精致华丽而富有浪漫色彩的语言，委曲细腻地写出正陶醉在恋情中的男女们复杂深微的情感，并有意用神秘朦胧的事物烘托出产生这种爱情的背景和环境。这一派作家应推李商隐为代表，此外还有温庭筠和杜牧。

李商隐的诗有很多是"无题"的，其中大部分都是爱情诗。现在举一首为例：

　　来是空言去绝踪，月斜楼上五更钟。

　　梦为远别啼难唤，书被催成墨未浓。

　　蜡照半笼金翡翠，麝熏微度绣芙蓉。

　　刘郎已恨蓬山远，更隔蓬山一万重。

　　这首写相思的怨诗，在精巧艳丽的辞藻中蕴蓄着缠绵悱恻的情感，这在晚唐以前是很少有人这样大胆来写的。它如他写苦恋的心情说："春蚕到死丝方尽，蜡炬成灰泪始干。"写男女两心相印而无由相见的心情说："身无彩凤双飞翼，心有灵犀一点通。"都非常细腻而美丽。这种境界一部分为五代两宋词（长短句）所继承，但在后世的诗篇里却不易找到，恐怕只有在《聊斋志异》和《红楼梦》里才能重新发现。

　　在封建社会里，士大夫明目张胆地写恋情诗毕竟不能畅行无阻，何况李商隐所写的爱情内容同封建礼教和等级制度都有矛盾，他必须写得隐蔽晦涩。当然，这种爱情本身也带有一定的朦胧色彩和神秘性。所以他表现这种情感，就更须用比较隐晦的辞藻和典故来体现他要写的内容。像用"嫦娥应悔偷灵药，碧海青天夜夜心"来写女道士在爱情上的苦闷抑郁，这原是有他不得已的苦衷的。

　　从李商隐的诗里，我们体察到诗人细致深曲的情感，并接触到诗人对社会现实所表现的无可奈何的感伤幽怨。这些诗诚然美丽动人，仿佛落照映着红霞在天空停留着的那一刹那，给人以一种凄艳之感。用李商隐自己的话说，就是"夕阳无限好，只是近黄昏"。因此，尽管它的美丽给人留下了不可磨灭的印象，但毕竟好景不长，而且是纤弱无力的。唐诗正是在这种情况下结束了它辉煌的发展演变的历史过程。

古典散文述略

在我国古典文学的领域中，所谓"散文"，应具有广、狭两义。就其广义说，散文是对韵文而言的一种文体。就其狭义说，则指包括在散文这一文体中的、与骈体文（又称骈文、四六文）相对而言的散体文。论述中国古典散文（不仅指散体文）的发展演变，不宜排斥骈体文的情况不谈。

骈体文是我国文学中一种特有的东西，它是以对仗得很工整的四字句和六字句为基本句式的一种文体（当然，在一篇骈体文中也会夹杂着互相对仗的三、五、七字句），讲究用典故和绚烂华丽的辞藻，着重铺陈描绘。在每一联对仗得很工整的四或六字句之间，不仅词义要相对，词汇的声调要平仄相对，并须注意字音的谐调和句法的节奏感。除了句尾不押韵外，几乎同律诗的中间四句的写法没有什么区别，而一般用散体文写的文章，其遣词造句和句法结构方面就不需要这些考究，文章每句的字数更没有任何规定和限制。用散文写的东西（包括用散体文和用骈体文写的）不一定都是文学作品，但在我国古代（特别是唐以前），很多用散文写的历史著作和哲学著作，实际上都不宜排斥在文学范围之外。本文所要谈的，是指广义的散文范围以内的各种文章，也包括典丽对偶的骈体文在内，但不包括用散体文句写成的另一文学体裁——小说。

我国古典散文具有近三千年的历史传统，内容相当丰富。它的发展演变大体经过以下几个阶段：先秦的历史散文和诸子散文奠定了古典散文发展的基础；西汉司马迁的《史记》给史传文学开创了新局面；从东汉到盛唐，骈体文垄断文坛数百年；经中唐和北宋两次"古文运动"之后，散体文又得到很大发展；明清两代，由于复古主义和八股文的影响，散文始终没有跳出形式主义的窠臼；直到近代，在那些比较先进的知识分子受到资本主义文化思潮洗礼以后，散文才进入一个新阶段。

这里只就古典散文发展的几个阶段做简单扼要的介绍。

一

到目前为止，我们还没有确凿的科学依据足以说明中国的散文究竟始于何时，但从地下发掘的文物资料来看，远在殷商时代（约公元前 1766 年—公元前 1122 年），就已经有了数量相当大而结构比较严密的文字（即所谓方块汉字）和篇幅简短、修辞精练的书面语言。我国的文字是为了适应汉语的特色而产生的。汉语的特点是一音表一义，即基本上以单音缀的词汇为语言的最小单位，因此我国的汉字也就形成了一字表一音的方块字而非拼音文字。这种文字翻转过来又对语言起制约作用，特别是使书面语言趋于精练简短。殷代是奴隶社会，贵族统治阶级非常迷信神权，他们的一切企图和行动，事先都须取决于占卜，而占卜的结果，就是用简短的文句锲刻在龟甲和兽骨上，这就是我们常说的"卜辞"，而称用来表达卜辞内容的文字为"甲骨文"（这个"文"是文字的意思）。在卜辞里往往发现首尾具备、言简意赅的短文，这就是我们现在所能看到的最早的散文。殷周时代，贵族统治者利用青铜制成各种祭器、食器和兵器，上面大都铸着或刻着简短文句，我们通称为"铜器铭文"，而称这种用来表达铭文内容的文字为"吉金文"或"金文"（这个"文"也是文字的意思）。西周时代的铜器铭文有的长达三五百字，内容或记战功，或述祖德，还有涉及讼事判断的。卜辞和铜器铭文虽非文学作品，但它们所具有的简明洗练的特点却对后世散文的发展有着深远的影响。这个特点一方面为汉语、汉字的特点所决定；另一方面也是由于受到当时物质条件的限制。因为龟甲、兽骨或铜器的面积既不大，刻字或铸字又很困难，当然不宜把文句写得太长，篇幅搞得太大，不过从当时已经达到的生产和文化水平来估计，殷商时代在卜辞、铭文之外已有用散文体裁撰写的书籍。这从周代的历史记载也可以得到证明。这种书籍即所谓"典""册"，乃是把文字刻在竹简、木片上，然后用绳子或熟皮把若干简、片编系起来而成的；其质量的笨重和数量的受限制初不下于甲骨和铜器。因此，尽管内容很多，文章的字数却不得不尽量减少，在修辞方面也必须尽量做到用最精确的词汇表达出最允洽的文义。这样，我国古典散文的短小精悍、简明洗练的传统特色就开始形成了。由于竹木不易保存，殷周时代"典""册"之类的实物早已湮损不传（现在出土文物资料中不乏先秦古籍，但都是秦汉以后写或刻在竹木简上的），保存在由周代人所编辑的诏令文告结集《尚书》里面的殷代文告，只有寥寥几篇，恐怕也已经过周代史官的修订润色了。

西周时代还是奴隶社会。作为最高奴隶主的周天子，威权是相当高的。当时享受文化教育特权的当然只能是贵族统治阶级，学术中心乃在"王官"①。在这种情况和条件下，文字的使用范围主要在于记录最高统治者——天子的言和行，即所谓"左史记事"，"右史记言"②。扩而言之，"言"就是统治者所发布的诏令文告，"事"就是以天子的活动为中心的国家每年的历史实录。因为当时散文所应用的范围，主要是颁布政令和撰写历史——记言或记事。

今天我们所能看到的最早也最完整的散文著作是《尚

① 见《汉书·艺文志》。
② 据《礼记·玉藻》的说法。

书》。它的内容是由西周史官保存下来的最高统治者的诏令文告之类，都是"记言"的散文，其中一部分应该是殷代的文献①。很多还活到今天的富于形象性的比喻，如"洞若观火""若网在纲，有条而不紊"，以及我们常说的"星火燎原""牝鸡司晨"等成语，都是从古老的《尚书》中流传下来的。这些政治性的文件在文章的表现技巧方面已有一定成就。我们可以从中看到那些至尊无上的奴隶主作威作福的神态，体察到他们对臣民的斥责、命令、恩威并施等居高临下的口吻。这说明当时史官已经有了足够的驾驭文字的能力，但这部"记言"的散文著作距离今天实在太遥远了，语言文字上有着较多的困难和障碍，它在散文方面的影响已在逐渐消失。至于最早的"记事"的史籍，只有东周时代的鲁史《春秋》还保留到今天。

二

从西周以来，广大的奴隶和平民即已对贵族奴隶主进行了不断的反抗和斗争。东周以后，作为最高奴隶主的周天子，在奴隶的反抗和外患的侵逼之下，逐渐失去了统治权。所谓"王室"，已是日益衰微，有名无实了。到了公元

---

① 《尚书》共分《虞夏书》《尚书》《周书》等部分。据近人考订，《虞夏书》里的作品最早也是东周人追记或伪托的。除一部分《商书》外，大部分是西周的政令文告。

前722年以后，进入"春秋"时代①，亦即所谓"王纲解纽"的时代，社会上发生了急剧的变化。新兴的封建贵族（如郑国）和旧有的奴隶主贵族（周天子）之间开始展开了斗争。从这以后，原来作为王室屏藩的各国诸侯，这时都纷纷自成局面，不向奴隶主周天子称臣纳贡，有的诸侯甚至根本不承认周天子的政权，而在各个诸侯国家内部，许多专揽政权的大夫也在他们所应享有的"公田"以外开辟了大量荒地，成为"私田"，不向国家纳税。等到私田日益增多，数量超过公田，原来的奴隶制度就无法维持，而为封建制度所代替了。因为这些诸侯及其大夫们在增辟土地的过程中，由于奴隶们的不断斗争，作为剥削者的诸侯和大夫，就被迫改变原来的剥削方式，形成了新的地主和农奴的生产关系。这样一来，大量奴隶的社会地位便有所改变而成为平民；原来在奴隶社会中的许多等级较低的统治阶级上升为新的封建贵族统治者，而原来的贵族奴隶主却不得不纡尊降贵，急剧地垮下来，改变了身份。因此，原本只垄断在奴隶主贵族统治者手里的文化学术，到了春秋末年，便开始转移，主要由属于"士"这一阶层的人们所掌握了。（"士"这一阶层成分很复杂。有的是属于封建新贵族统治阶级的中下层，有的则是没落的奴隶主贵族。）各

---

① "春秋"时代系因孔子所修订的鲁史《春秋》一书而得名。书中所记是公元前722年至公元前481年之间的史实，后世故称这一段历史时期为春秋时代。

国诸侯俨然以天子的威权行使于其本国之中，那么周天子所有的一套排场，诸侯也都要享有；甚至连大夫一级的统治者也按天子的派头行事。他们行天子之礼，奏天子之乐，同时，当然也就有了自己的"史"——上述的鲁史《春秋》，正是在这种历史条件下产生的。据《孟子·滕文公下》记载，除《春秋》外，当时的晋国有《乘》，楚国有《梼杌》，都属于"记事"类的史书。只是这些史籍已完全失传了。

《春秋》是用简短的文句写成的历史"大事记"，根本算不上成篇的散文，但据解释《春秋》的《春秋公羊传》《春秋穀梁传》等书以及历代治《春秋》的学者们的意见，都认为《春秋》在修辞方面很有斟酌，甚至每一个词、每一个语法结构也各有其特定意义，不是随便乱用的。这对后世古典散文的写作确实带来较大影响。比如"五石六鹢"的说法就一向为研究修辞学的人们所称引。鲁僖公十六年正月，宋国发生了陨石和鹢鸟倒退着飞行的事件。《春秋》记载这件事说：

　　　　春，王正月（周历正月），戊申（正月里的一天），朔（这一天正是初一），陨石于宋五（在宋国坠落下五块陨星的石头）；是月（就在这个月），六鹢退飞过宋都（六只鸟倒退着飞经宋国的都城）。

《公羊传》对这段记载做了解释，大意是说：

> 为什么先说"陨"，后说"石"，最后说"五"
> 呢？因为这是记述一件诉诸听觉的事。人们首先听到
> 的是砰然坠地的声音；用眼一看，才知是石头；等仔
> 细考察，才知有五块。所以说"陨石于宋五"。为什么
> 先说"六"，后说"鹢"，最后说"退飞"呢？因为这
> 是记述一件诉诸视觉的事。鸟在天上飞，人们首先看
> 到的是鸟的数目有六只；等仔细考察，才知是鹢；及
> 至更细地慢慢考察，才发现鸟是在退着飞行。所以说
> "六鹢退飞"……

这一修辞事例对后世古典散文的写作有一定启发性，但更
重要的是：在这种具有复杂丰富的含意和深微曲折的笔法
的字句后面，还包含着强烈的褒善贬恶、明辨是非的倾向
性。当然这种倾向性是打着统治阶级烙印的。后世称这种
带有倾向性的史笔为"春秋笔法"。

"春秋笔法"的形成是同史官的立场观点密切相关的。
前人认为《春秋》一书曾为孔子所修订，这个说法基本可
信。而我个人认为，孔子乃是一个努力建立封建主义理论
的代表人物，而非奴隶主贵族阶级的顽固拥护者。由于孔
子长期在政治上失意，因此他对封建统治阶级内部有比较
清醒的认识。但他毕竟还是牢固地站在统治阶级立场的人，

一心希望出现一个新的"大一统"的时代，把当时诸侯割
据的分崩离析的局面统一起来。所以他在修订《春秋》时，
一方面既要为统治者讳言一些与其阶级利益相矛盾的东西
（所谓"为尊者讳""为亲者讳""为贤者讳"）；另一方面，
为了垂戒于将来，使后来的统治者懂得怎样才能更好地巩
固政权、治理国家，于是又不甘心把当时统治阶级中的
"乱臣贼子"的罪恶完全掩藏起来——这就产生了所谓"春
秋笔法"，亦即寓褒贬、抑扬、讥刺于字里行间的写作手
法，从而产生了"一字之褒，宠逾华衮之赠；片言之贬，
辱过市朝之挞"（见晋人范宁《春秋穀梁传序》）的效果。
我国古典散文传统风格中所具有的含蓄蕴藉、旁敲侧击、
匣剑帷灯式的手法特点，以及在对反面人物进行讽刺时往
往能做到"无一贬词而情伪毕露"（鲁迅语），就是从"春
秋笔法"发展来的。《春秋》的特色及其对后世散文（包括
明清文人创作的章回体小说）的影响也正在这里。

　　《春秋》之外，记载周代各国史实的书，还有《左传》
和《国语》。这两部书内容比较丰富，也有较高的艺术水
平。相传它们都是由一个名叫左丘明的盲史官写成的。《左
传》的全称是《春秋左氏传》，据说也像《公羊传》《穀梁
传》一样，是解释《春秋》的书。但从实际内容看，它与
《春秋》的关系并不十分密切，最早可能是一部独立的叙事
较详尽、文学成分比重很大的历史著作；后来经人改订，
才附丽于《春秋》的。它虽然收入大量"记言"性质的史

料，但还是以"记事"为主的。《国语》又称《春秋外传》，内容则偏重于"记言"。这两部书内容重复矛盾处很多，可见史料来源不一，不像是出自一个人的手笔。大概它们都是由战国时代的人把史料经过搜集、整理，编纂成书的。

《左传》《国语》都保持并发展了我国叙事散文简明精练的传统，艺术技巧也更加成熟了。特别是《左传》，以其丰富的内容和经济的笔墨博得历代文学家和史学家的推崇揄扬，认为它是古典叙事散文的模范。归纳起来，《左传》的艺术成就约有三点：一、叙述琐屑庞杂的大事件如大战役、大政变、大盟会等，能提纲挈领，一丝不乱，充分表现出作者安排情节和驾驭文字的才能；二、文章中大量出现了形象化的细节描写，敢于用夸张多变化的艺术手法突出地描写人物或事件，甚至在史实的叙述中采用了虚构的情节（这应该是吸收民间传说的结果）；三、在辞令方面，不但写得娓娓动人，而且在以散体句法为基本形式的基础上大量运用工整排偶的文句和精确新颖的词汇，使文章增加了韵味和色彩。但这三个特点又都是在简明凝练、惜墨如金的情况下形成的，这就更加难能可贵了。《国语》中的"记言"文章，大都属于诸侯各国君臣之间互相发表的政治见解或诸侯彼此之间的外交辞令，某些篇章写得简洁匀称，而且善用比喻，能如实地表达出发言者的身份和个性。比起《左传》来，《国语》的文笔虽略嫌浑朴质实，但如《周语》《晋语》《吴语》《越语》诸篇，其中不少"妙理玮辞"，确也使人"骤读之而心惊，潜玩之而味永"（明人陶望龄语），是可以同《左传》相媲美的。

三

从公元前403年到前221年秦代统一以前，史称战国时代。在这一时期里，古典散文有了空前的发展。这当然是受当时社会急剧变化影响的结果。

自春秋时代以来，由于奴隶社会的崩溃，引起了人们思想意识上的显著变化。社会的变革动摇了奴隶主们所最崇敬的上帝的无上威权，而个人的作用则在这时大大被肯定了。文化学术既然由"士"这一阶层的人们掌握，他们就通过授徒讲学和各处游说的方式传播历史文化知识和政治观点。春秋末年，作为儒家学派开山人的孔丘，曾带着门徒周游列国，他的弟子相传有三千人之多。由孔子弟子或他的再传弟子汇辑的《论语》一书，是诸子百家著述中最早的一部。它是说理文的萌芽，也是语录体文章的典范，其语言的含蓄精练是这部书的最大特色。到战国时代，私家讲学的风气更加普遍。当时阶级斗争日益激烈，各国的兼并战争日益频繁，人们谋求统一局面的愿望因而也大为加强。在旧的社会制度崩溃后，一套足以适应新社会的新的政治制度怎样才能建立起来，便成为摆在人们面前最重大的课题。于是许多思想家、政治家一时大为活跃，从他们各自不同的立场观点出发，纷纷讲学著书，奔走游说，希望凭借某一诸侯国统治者的实力来实现他们的理想，施展他们的抱负，从而形成了"处士横议"的百家争鸣的局面。思想家如儒家的孟轲、荀况，墨家的墨翟、宋钘、尹文，道家的庄周，法家的商鞅、韩非，名家的公孙龙、惠施，政治家如兵家的吴起、孙膑，纵横家的苏秦、张仪，都是一时赫赫有名的风云人物。其中又以孟、庄、荀、韩四家的著作对后世散文的影响较大。在他们的著作中，他们各自运用生动亲切、富有形象性，同时又条贯缜密、富有逻辑性的语言，把他们的世界观和政治见解到处向人鼓吹宣传，并且著书立说传授给弟子，作为"立身行道"的依据。这些论著就成为我国古典说理散文的丰饶宝藏。

孟轲是孔子的孙子孔伋（字子思）的再传弟子，继承和发展了孔子的学说，成为先秦儒家学派第二号权威人物。现存的《孟子》七篇，是孟轲的弟子或再传弟子根据他的言行与学说辑录而成的。

《孟子》书中有不少尖锐泼辣、锋芒毕露的说理散文，雄辩滔滔，富于战斗性，但文章里也有故弄机巧或强词夺理的地方，不免失之主观武断。唐代的韩愈，宋代的苏洵、苏轼，都长于写气势浩瀚、辞理并胜的散文，显然是受了《孟子》的影响。

庄周属于道家学派。现存的《庄子》三十三篇为庄周本人及其后学所著，是经过魏晋人整理的。

尽管《庄子》中唯心主义思想体系应该批判，但《庄子》的散文在艺术方面却具有较多的特色。它的文辞瑰丽而奇警，想象丰富，结构空灵，飘忽无端，出人意表。后世以苏轼的散文作品受《庄子》的影响最为显著，也具有《庄子》文风的特点，这是人们所公认的。

荀况生当战国后期，在儒家学派中属于有创新之见的人物。今传《荀子》三十二篇，大都出自荀况本人的手笔，《荀子》的文章结构谨严，语言整饬，条分缕析，立论周详，对西汉初年的政论文有直接影响。

韩非是荀况的弟子，是战国末期法家学派的代表人物。今存《韩非子》五十六篇，大部分为韩非本人所著。《韩非子》的文章态度严峻，文笔犀利，论辩鞭辟入里，有较强的逻辑性和说服力。又多采用民间传说作为寓言，说理深入浅出。唐代柳宗元的一些杂文和短论，主要是受《韩非子》的影响。

作为先秦诸子说理散文的共同特点，可以归纳为三个方面。一、文章大都条达流畅，逻辑性强，文笔明快生动，比先秦史籍要浅显易解，接近口语；二、遣词立论不仅有较大的说服力，还有较强的感染力，在严肃的论证和细致的分析中，往往带有逸趣横生的幽默感，使人感到亲切而不引起厌烦；三、一些哲学论文、政治论文甚至军事论文，虽然都是抽象的理论，但作者们善于运用文学手法，用一连串的眼前事物做比喻，驰骋着丰富的想象力，通过生动具体的寓言故事或历史传说，浅显地阐释它们所要发挥的深奥的道理，使读者感到生活气息浓厚和文学气氛强烈，因而易于接受和吸收。这些特点就成为我国古典说理散文的传统风格，对后世散文作家产生了较大的影响。

秦汉之际，还有一部介于子、史之间的《战国策》。这部书里既有许多游说之士发挥政见的纵横捭阖之词，又有一些历史上可歌可泣的英雄事迹和栩栩如生的人物描写。从文学的角度看，《战国策》可以算作秦汉以来一部比较出色的散文集。其中说理部分与先秦诸子的文章有共同之处，不少篇幅较长的文章都有严密的结构和整齐的文句。一个属于纵横家的人物向某一国的国君游说时，对于这个国家的疆域、出产、民情、政局都有详尽的陈述和分析，间或也加入一些有趣的寓言和传说来晓谕利害、明辨是非。而属于记叙史实的部分，则用比较浅显生动的语言和带有浪漫色彩的细节描述，代替了《左传》《国语》中那种简古的语言和艰涩的句法。在这方面，《战国策》已成为西汉卓越的史学家兼文学家司马迁写作《史记》的前驱了。

先秦的史籍和诸子论著成为我国后世几千年来叙事散文和说理散文的光辉典范。后世叙事散文的简明洗练，说理散文的流畅条达，都是从先秦散文作品中继承下来的优点和特色，而后世散文所要求的极致乃是寓简练于流畅之中，在条达流畅的基础上力求概括凝练。尤其值得注意的是，先秦叙事散文中同时有着"记言"的传统，充满了丰富多彩的辞令，使叙事中的对话部分不至陷于枯燥板滞；而在先秦的说理散文中又同时具有浓厚的艺术趣味，充满了活泼多姿的寓言，使读者对于比较深奥抽象的理论部分不至于吃力费解——这种兼容并包的风格上的多样化，就更成为后世散文作家所学习的榜样。

四

西汉初年，散文作家如贾谊、晁错等人所写的说理文，大体遵循先秦诸子遗意，具有素朴流畅的风格，但文辞已渐趋工整对仗，开始往骈俪的倾向发展了。

西汉中叶，在汉武帝刘彻时，杰出的史学家和文学家司马迁，尽其毕生之力写了一部规模宏大、内容丰富、通贯古今的史学巨著《史记》，给古典散文史开创了一个新纪元。

《史记》共一百三十篇。除了十表、八书和一篇《自序》之外，司马迁写了一百多篇历史人物的传记。这种"以人物为中心"的史传文学，在我国是从司马迁创始的。他根据历史上的真人真事，用他那与统治阶级观点不无抵牾矛盾的褒贬尺度，施展他纯熟而卓越的文学技巧，运用写实和夸张相结合的创作手法，通过对历史素材的剪裁和集中，把很多历史人物塑造得更有典型意义。在他笔下的人物形象，不仅是历史上实有的人物，也是各个实有人物的理想化身。他把这些人物在历史上的作用通过文学手法强烈地刻画出来，使他们具有鲜明突出的可爱或可憎的色彩和比较典型的政治意义。他在各篇传记的叙述中，不仅注意到巨大的生活场景，也注意到微末的生活细节；不仅把历史上的实有人物个性化，也把历史上的真实事件戏剧化。他善于融会古籍，善于采纳民间的传闻逸事，善于从人民口头汲取活的资料，因此《史记》的语言比较接近当时的口语，既深入浅出又丰富多彩，具有较强的生命力和感染力，能表达出各个不同人物的特殊处境和特殊情感，但他在描写人物和叙述事件时并未放弃简明精练的优良传统。他不但广泛地吸收了古代史籍如《尚书》《左传》《国语》《战国策》等著作的长处，而且连先秦诸子说理散文的一些特点也被包括在《史记》之中。所以我们说，司马迁不但给我国史学带来重大贡献，就是对文学的发展也做出了不平凡的业绩。

司马迁以后，东汉也有一个著名的史学家，即《汉书》的作者班固。后世虽以班、马并称，但《汉书》实际上是不如《史记》的。《汉书》虽也有一定的文学价值，但由于班固的思想局限较大，他撰写《汉书》完全是为了维护和巩固汉王朝的封建统治，这就使作品的某些内容黯然无色了。加以班固同时是一个尚模拟、喜堆砌的辞赋作家，因此《汉书》的文章凝练工整有余，生动活泼不足，比起

《史记》来，显然逊色多了。

五

从先秦历史散文和诸子散文到司马迁的《史记》，都是以散体为主，虽间有对偶的句式，并不占很大比重；即使有时以对偶句入文，也并未成为有意识的规律和准则。从西汉开始，经东汉王朝而到魏晋南北朝，文章发展的主要趋势却是由散而骈，由朴实无华而辞采富赡，由直陈其义而大量搬用典故。这种趋势显然是受汉赋的影响。

西汉的统一使封建社会的经济基础稳定下来，封建主的政权也日益巩固。特别是在汉武帝刘彻"罢黜百家，独尊儒术"以后，文化学术的发展便呈现出一种保守停滞的状态。这时，大量的文人为了粉饰太平和歌功颂德，为了满足帝王好大喜功的个人野心，便纷纷从事于"赋"的写作。赋，原是韵文的一体，虽说它是"古诗之流"，其实质却与散文非常接近。它的形成，乃是在《诗经》和《楚辞》这两种诗体的基础上，在先秦散文十分发达的影响下，由韵文渐趋于散文化的结果。当时的辞赋作家，不但用赋来叙事状物，而且用它来发议论、讲道理，抒情的成分反倒不很浓厚。由于这种铺采摛文、浮夸扬厉的辞赋文学的广泛流行，并且长期雄踞于权威地位，因此它翻转过来又给散文以显著影响，使之渐趋于骈俪化、工整化、典雅化、贵族化。到了东汉，骈体文逐渐垄断了文坛，不论什么内容的文章，除了开头结尾有几句散体文字之外，几乎通篇都讲求句法整齐和辞藻对仗了。这个趋势发展到南北朝，就变成四六排偶、音调铿锵的不折不扣的骈体文，绝大多数文章连散体的痕迹都不易找到了。

骈体文的基本句式以四言和六言句为主，是先秦时代的韵文句式移植、发展过来的结果。《诗经》本以四言句为主，《楚辞》则以六言句为主，这两种成双成对的有节奏感的句式通过汉赋的媒介，就被保存在骈体文里了。汉赋是讲求堆砌辞藻的，骈体文既然在它的影响下产生，所以在对仗工整之外还要求色泽华丽。鉴于汉赋的表现手法过于直截了当，未免显得单纯拙直，于是人们在写骈体文时又借助于典故和成语。更因骈体文作家十之八九是封建士大夫，到了末流，这些贵族文人只知力求高雅浮艳，竭力用典丽的辞藻来掩饰贫乏的内容，自然更不敢毫无假借地写素朴的散体文了。

从先秦到东汉，用散文作为抒发个人情感的文学工具是比较少见的。只有战国时代乐毅的《报燕惠王书》，西汉司马迁的《报任安书》和杨恽的《报孙会宗书》等寥寥几篇书信，可以算作抒情散文。西汉的作家大都用诗赋来"体物写志"，东汉以后，随着骈体文的形成，抒情散文的数量才日见增多。这应该说是当时文坛的新事物。像东汉末年秦嘉、徐淑这一对夫妇往返酬答的书信，三国时代曹

丕、曹植兄弟给他们的朋友的笺札，诸葛亮的《出师表》，
嵇康的《与山巨源绝交书》以及晋初李密的《陈情表》等，
都是传诵于后世的抒情名篇。这些文章虽未达到通体骈俪
的程度，但骈俪的倾向已很明显。齐、梁以后，用骈体文
描写自然景物也蔚为风气。如梁代吴均的《与朱元思书》
（"朱"一本作"宋"，此据《全梁文》）《与顾章书》都是
脍炙人口之作。文中情景交融，已达到较高的抒情诗的意
境，但真正用骈体文抒情言志而达到纯熟地步的，则要推
初为梁臣、后归北周的庾信。他的著名的《哀江南赋》的
序言，正是足以体现六朝骈体文高度发展的一篇杰出之作。

抒情散文从东汉以来所以有长足发展，是同乐府民歌
和五言诗的兴起分不开的。秦嘉、徐淑的短札，同《古诗
十九首》中的爱情诗歌情调十分近似。齐梁以后用骈体文
描写自然景物，当然也同当时诗人创作山水诗有密切关联。
而梁陈贵族文人用骈体文描述闺情艳语，也正是从当时上
层社会所流行的淫靡的宫体诗移植过去的。这一方面是由
于作家已能充分熟练地运用骈体文表达情思；另一方面则
由于骈体文这种文学工具十分接近诗赋等文学体裁，有着
与诗赋相同的功用。

应该指出，南北朝时期骈体文应用的范围是相当广阔
的，虽然它的普遍性依然远远落在散体文的后面。我国第
一部完整的文学批评著作《文心雕龙》，就是梁代的刘勰用
骈体文写成的。梁代的思想家范缜所作的哲学论文《神灭

论》基本上也是一篇骈体文。足见骈体文是可以用来说理的。只有在叙事方面，骈体文才显得有较大的局限性。因此，在这一时期出现的一些出色的叙事文（包括单篇和专著），如晋陶渊明的《桃花源记》《五柳先生传》，干宝的《搜神记》，宋刘义庆的《世说新语》，北朝魏郦道元的《水经注》和杨衒之的《洛阳伽蓝记》这一类文学意味比较浓厚的作品，基本上都是用散体写成的。它们出现在骈体文大盛的时代，已受到骈体文的影响，在铸词炼句方面吸取了很多骈体文的特色；但它们却没有骈体文那种一味堆砌辞藻，铺排典故，画一句式等等矫揉造作的缺点，因此显得风格清健，语言爽洁，有较高的艺术成就。在骈体文风靡宇内的时代，有这样几部清新素朴的著作，实在是难能可贵的。

六

骈体文到了唐代，已成强弩之末。初唐时号称四杰的王勃、杨炯、卢照邻、骆宾王，虽竭力用骈中求散的办法来变化骈体文的形貌，也无法挽回这一空摘文藻而实际上脱离生活、脱离群众、缺乏思想内容的文体的衰风颓运。天宝年间，李华、萧颖士等已开始提倡写散文应素朴自然，不宜涂脂抹粉；中唐以后，独孤及、梁肃更亲自写作散体文，以图转移风气；但他们这些人对当时文坛并未起多大影响。直到公元九世纪初（即唐德宗贞元末年至唐穆宗长庆初年），杰出的散文家韩愈、柳宗元等，高举"复古"旗帜，猛烈地向崇尚骈四俪六的文风进攻，这才开始扭转了自东汉以来数百年华靡浮艳的文坛积习。韩愈、柳宗元通过他们自己的创作实践，使文章从排比对偶的束缚中，从典故辞藻的浓云晦雾里解放出来；他们反对用典丽华赡的脂粉色泽去涂饰文章，以掩盖其空虚贫乏的内容。他们提倡以先秦和西汉的散文作品为范本，使文章尽量接近口语的语气和句法，并用创作实践大力改变了文风，从而受到当时较多的士人学子的欢迎。这样一个巨大的转变，近世文学史上称之为"古文运动"（所谓"古文"，即指西汉以前流行的散文）。

"古文运动"所以在中唐兴起，自非偶然。从远处说，唐代的科举制度使得出身于非贵族阶层的知识分子有了分享统治权的机会，这些新爬上政治舞台的人对那种只堪供贵族玩赏而无补于实际的形式主义的骈体文自然感到厌倦。从近处说，安史之乱后，藩镇割据的分裂局面严重地威胁着唐王朝的统一政权，加上多少年来战乱频仍，宦官和权臣既相勾结又相倾轧，弊政丛生，剥削日重，人民灾难无尽无休。曾经炫赫一时的大唐帝国，这时已岌岌可危。韩愈以孔孟"道统"的传人自命，以"济天下"为己任，希望用儒家的仁义道德这一套理论作为维系摇摇欲坠的封建政权的绳索，并为唐王朝制造"中兴"的幻想。他认为，只有用"六经"和《孟子》那样的文章形式，才能更好地宣传他那以儒家思想为依据的政治见解，才能发挥他的"济天下"的"理想"。只靠华丽辞藻来装点门面的骈体文，是承担不了这种任务的。于是他大力提倡写"古文"，"挽狂澜于既倒"，以求得文章的内容和形式的统一。由于客观形势的需要，加上韩愈、柳宗元等人的主观努力，散体文终于在文坛取得优势，并产生了相当广泛的社会影响。

从宋代以来，人们都认为韩愈是这次"古文运动"的发起人和奠基者，柳宗元不过是追随者。苏轼还称韩愈是"文起八代之衰"的功臣，但从今天的角度来看，柳宗元在这场"运动"中也是功不可没的。平心而论，柳宗元虽然年龄比韩愈轻，行辈比韩愈低，而在推进这次"运动"的作用上却不见得比韩愈差。即以作品而论，柳所写的反映和揭露现实的文章就比韩多，战斗的火力也比韩猛些，不像韩有时还不免畏首畏尾。只有在艺术成就方面，韩对语言的运用要比柳更纯熟些，摆脱骈俪的框框也比柳更为彻底。因此，对韩柳两人的评价，无论是崇韩抑柳或崇柳抑韩都是不恰当的。

韩愈、柳宗元用散体文来说理、叙事、抒情、写景，都获得卓越成就。韩的《张中丞传后叙》、柳的《段太尉逸事状》，都是继承《史》《汉》的传记文学作品。韩愈写过大量笔锋犀利、气魄雄恣的说理短文，如《师说》《原毁》

《讳辨》《杂说》等，实启后世杂文小品之先河。像《杂说四》，篇幅虽短而气势酣畅，宛如缩长江大河于尺幅之中。它表面说的是马，实际指的是封建社会出身寒微的知识分子与统治阶级的矛盾关系。这篇文章本在说理，却写得很像叙事文，又像比兴体的诗歌。而其句法的参差错落，更极尽"散"之能事。柳宗元的寓言如《三戒》《蝜蝂传》《捕蛇者说》《种树郭橐驼传》，山水记如《永州八记》，都是脍炙人口的名篇，无论是思想内容还是艺术形式都有显著的特点和成就。通过韩、柳的作品，我们充分看到散体文在文学领域中所发挥得更广泛的作用。

从发展过程看，骈体文是受汉赋影响而日益盛行的，而汉赋原是为封建贵族服务的，这就使得骈体文从一开始就有了脱离群众、脱离生活的局限性。特别是在骈体文的四六句式已趋于定型、使用者的范围又日见狭隘的情况下，它注定为多数人所抛弃的命运就无可避免了。而韩柳等人所大力倡导的"古文运动"，乃是跳过东汉到盛唐这一阶段而遥继先秦和西汉的传统，因此他们把先秦的经、史、诸子以及西汉司马迁的《史记》奉为圭臬，强调"复古"，借以反对从东汉以来风靡数百年的骈体文，但从他们的创作实践来看，所谓"复古"，主要是一面旗帜，一个口号，并非一味泥古不化。他们除了强调文字工具应为思想内容服务以外，其创新的成分还是很大的。首先，尽管韩、柳在文章形式方面有模拟秦汉散文的斧凿痕，他们的论点也不无陷于形式主义之处；但他们的作品比起秦汉散文来毕竟还是"师其意不师其辞"的成分占多数。他们的语言并非死套秦汉散文的句式，而是同唐代当时的口语句式比较接近。其次，他们对骈体文固然非常反对，但也还是有批判、有继承的。比如，骈体文就扩大了文章的作用，在叙事说理之外，还同诗赋一般，能够抒情状物，刻画自然景象，其功绩亦自不可泯没。而韩柳笔下的"古文"，也是可以抒情状物的，并不仅用于写史传体的叙事文和论辩性的说理文。这显然是向前发展而非向后倒退。再如，骈体文的特点如尚辞采、讲节奏，以及在遣词造句方面的高度技巧，在韩柳文中也都适当地加以吸收。因此我们对韩柳等人的"古文运动"，不宜只看他们上溯古先、远绍秦汉、高举"复古"旗帜的局限的一面，还应该看到他们扬弃骈体文的缺点而发展了整个散文的功绩。事实上直到今天，保存在散文中的骈俪成分还是有一定比重的。而且这种骈俪成分原是我国散文传统中的一大特色，即使在现代汉语中也还是明显存在着的，根本不应该、也不可能把它的特征和作用完全排斥或抹杀。

七

韩、柳以后，散体文曾经衰熄过一个时期。唐末政治混乱，民生凋敝，阶级矛盾的尖锐导致农民起义的大爆发。

在唐王朝政权朝不保夕的形势下，统治阶级内部更加分崩离析了。封建士大夫在政治上既找不到出路，便颓废消极，纵情声色，通过淫靡腐朽的享乐生活来寻求暂时的麻醉，这就给文坛带来了一股唯美主义的逆流。形式华丽、内容空洞的骈体文恰好成为剥削阶级没落的知识分子逃避现实、寄托闲情的工具。因此，晚唐五代的士大夫写作骈体文的风气还是很盛的。晚唐的温庭筠、李商隐和后蜀的欧阳炯等所写的文章，正是这方面的代表。

北宋统一后，士大夫为了点缀升平，歌功颂德，骈体文依旧风行一时。很多馆阁词臣，更以写作辞采富赡、华而不实的骈体文（当时称为"时文"）为能事。宋真宗时，号称"西昆体"的诗人如杨亿、刘筠、钱惟演等，不论写诗作文章，都模拟李商隐。这种竞写"时文"的习尚给当时文风带来了坏影响。直到宋仁宗时，在欧阳修的倡导和推动下，才又掀起一次新的"古文运动"。

北宋这一次"古文运动"是经过较长期的酝酿和斗争的。远在宋太祖赵匡胤立国不久的开宝年间，儒生柳开就提倡"明道""尊韩"，写作古文（即散体文），但因位卑言轻，他的呼吁根本没有得到反响。等到"西昆体"盛行，作为卫道者的儒家信徒如孙复、石介等人乃以在野的身份站出来大声疾呼，反对"淫巧侈丽，浮华纂组"的作品，斗争才激烈起来。稍后，欧阳修及其同道苏舜钦、穆修、尹洙等人群起致力古文，社会风气稍见转移。直至公元

1057 年（宋仁宗嘉祐二年），欧阳修做了知贡举，利用居高临下的实权，严格命令读书人在应科举考试时一律要写平淡朴素、通顺流畅的文章，文风才扭转过来。出于欧阳修门下的曾巩、苏洵、苏轼、苏辙以及为欧阳修大力揄扬的王安石，也都继承、遵循韩愈和欧阳修的主张和道路，取法乎先秦的经史诸子和西汉的《史记》，大量写作并推行既有内容而语言又比较浅显平顺的散体文。明代的茅坤称韩、柳、欧阳、曾、王和三苏为"唐宋古文八大家"。正是通过这些作家的提倡和实践，所谓"唐宋古文"这一传统才正式形成。

唐、宋这两次"古文运动"的目的和倾向虽说基本相同，但具体情况却颇有差别。韩柳所发起的第一次"古文运动"实际上要比第二次困难得多。与韩柳同时的多数贵族官僚是反对韩柳的。韩柳在当时不仅是孤军作战，而且处在四面楚歌的环境中。他们几乎是完全顾不上层社会舆论的非难和讥笑，来进行这一"运动"的。尽管韩愈的主观愿望是想通过写古文来宣扬孔孟之道，用以巩固唐朝政权，维护封建秩序；但韩愈所奉行的"抵排异端，攘斥佛老"的尊儒思想，却同唐朝皇帝的崇道教、迎佛骨等行为发生了矛盾。柳宗元更是由于王叔文的关系而被唐宪宗贬谪到边远州郡的"僇人"。这些政治上的不利条件给他们的"古文运动"带来了很大困难。北宋的"古文运动"，从柳开到石介，虽也经过较长期的曲折过程，但到了欧阳修的时候，进展却比较顺利。欧阳修在《苏氏文集序》中说得很清楚：

> 天圣（宋仁宗年号，1023—1031）之间，予举进士于有司，见时学者务以声偶撦裂，号为"时文"，以相夸尚。而子美（苏舜钦）独与其兄才翁及穆参军伯长（穆修）作为古歌诗杂文，时人颇共非笑之，而子美不顾也。其后天子患时文之弊，下诏书，讽勉学者以近古。由是其风渐息，而学者稍趋于古焉。

另外欧阳修在《与荆南乐秀才书》中也有类似的说明。可见欧阳修所创导的"古文运动"，是在宋仁宗下诏禁作"时文"（骈体文）之后，并由最高统治者加以支持，才实现的。这是因为当时北宋王朝已处于内忧外患十分深重的境地，封建统治者想搬出孔孟之道来巩固政权、维护秩序，这才连带着把用来"载孔孟之言""明仁义之道"的"古文"也搬了出来。所以这第二次"古文运动"的成功，是含有一定的消极因素在内的。

但是，欧阳修提倡写古文毕竟还有其一定的积极意义。他不但反对浮艳淫巧、有文无质的"时文"；另一方面也反对读书人写晦涩艰深、佶屈聱牙的文章，反对故意好奇炫僻、逞险弄怪的文风。韩琦在《欧阳修墓志铭》中说：

嘉祐初，（修）权知贡举。时举者务为险怪之语，号"太学体"。公一切黜去，取其平淡造理者，即预奏名。初虽怨谤纷纭，而文格终以复古者，公之力也。

这里说的"复古"，实质上是指文风的转变，即文章的散体化、通俗化。韩愈提倡写"古文"，曾提出"非三代两汉之书不敢观"的要求，可见他的眼光只仰望着三代以上，对于魏晋以下的散文作品是不屑一顾的。因此他所作的"古文"，有一部分是故意用生僻古奥的字句写成的。北宋的"太学体"实际上是受了韩愈影响的另一面而走上了极端的结果。欧、苏等人所写的"古文"则确比韩柳的作品更接近当时的口语，"致用"的范围也更为宽广了，因此它们更容易为当时和后世的封建知识分子所接受。特别是欧阳修，他强调文章的语言应该浅显明顺，平易近人，并用自己的创作实践纠正了韩愈作品中过分追求古奥的缺点。而苏轼和稍后的黄庭坚，更吸收六朝散文的特色，写作了大量的小品随笔，突破了古文家板起道学面孔训斥人的坏习尚，使文风更加活泼自由。至于在"八家"以外的，如北宋的李觏用开朗犀利的笔锋写出了批判孟轲的文章，司马光根据丰富博洽的史料写成了史学名著《资治通鉴》，以及南宋的陆游、范成大等所写的旅行日记《入蜀记》《吴船录》等，都是古典散文中值得重视的遗产。通过两宋作家长期的努力，文章通俗化的程度比唐代有了较多的进展。但是，一套形式主义的"古文"做法，比如撇开文章内容来讲究启承转合之类的条条框框，也在这一时期逐渐形成。这就同时给后世带来了不良影响。

八

元明以来，封建士人夫所占据的正统文坛日趋衰落，作家作品虽多，却呈现出一片不景气的状况，卓然名世的极少。这种萎靡不振的局面正是封建社会日益衰朽、统治阶级日益腐败的具体反映。明代立国三百年，在散文史上真正有所建树的却寥寥无几。"古文"的命运在明代已达到"日薄西山，气息奄奄"的地步了。

元末明初，散文家如刘基、宋濂等，在作品中还多少反映了一些社会现实。稍后，以杨士奇、杨荣、杨溥为代表的"台阁体"诗文出现了，这是当时文坛上的一股逆流。

从 14 世纪 60 年代明王朝统一以来，经过一百年左右的经济恢复阶段，社会上又出现了表面繁荣的"太平"景象，但明代的统治者（特别是朱元璋和朱棣的洪武、永乐两朝）在文化思想方面采取了恐怖政策，大批杀戮文人，这就使得封建士大夫人人自危，既想夤缘求进，只有明哲保身。加上八股文取士的制度牢固地束缚了文人的思想，他们除了死心塌地把精力消耗在"代圣人立言"的科举制艺上，此外别无出路。"台阁体"的文章就是在这样的时代背景下产生的。它以阿谀粉饰为主要目的，以不痛不痒、平正肤廓为文风，表面上雍容典雅，歌功颂德；实际上空洞无物，冗沓平庸。从明成祖朱棣的永乐到明宪宗朱见深的成化年间，大约八十多年，"台阁体"俨然成为文坛的"正宗"和"主流"。到了15世纪末16世纪初，即弘治、正德年间，明王朝的国势已经大变。封建统治者面临着内忧外患接踵而来的局面，但他们荒淫暴虐依然如故。当时土地又大量集中，贵族大地主独吞剥削果实的情况十分严重。这就形成了大地主阶级与中下层地主阶级之间的内部矛盾。反映在文学领域中，就出现了以李梦阳、何景明为首的"前七子"的"复古运动"（严格地说，这一次"复古运动"应该叫作提倡"拟古主义"的运动）。"前七子"是一些较有正义感的封建文人，他们对于那种阿谀粉饰，不痛不痒的"台阁体"诗文感到无法容忍，于是大声疾呼"文必秦汉、诗必盛唐"的口号，向"台阁体"开火。这实际上是李梦阳等人站在中下层地主阶级立场，希望从大地主手中分得政权。不过当时政治黑暗，言论极不自由，于是才一转而为要求改革"文体"和"文风"罢了。这样，"台阁体"在正统文坛的统治势力基本上被打倒了。到了16世纪中叶即嘉靖年间，以李攀龙、王世贞为首的"后七子"又继李、何之后掀起再一次的"复古运动"。他们的复古主张除反映阶级内部矛盾外，还想通过复文章之古的手段达到挽救世风、复人心之古的目的。前后七子跨越弘治，正德、嘉靖三朝，达百年之久，对当时文坛的影响是非常大的。

就前后七子反对"台阁体"来看，是具有一定进步意义的，但从他们的具体主张和创作实践来看，他们的方向显然是错误的，他们的努力更是"非徒无益，而又害之"。由他们这种声势浩大的"复古运动"所产生的恶劣影响，远远超过其反对"台阁体"所引起的积极作用。他们好像并不理解秦汉散文所以传世乃是首先由于他们具有较好的思想内容，而他们自己的创作则很少触及当时的政治问题和社会现实（在这方面后七子的文章要比前七子强些），只从形式上去进行字剽句窃的功夫，把古人的作品生吞活剥，用形式上的古奥艰深来掩饰内容的贫乏疏陋。他们提倡"文必秦汉"，只不过要求字句上的形似，不仅不考虑内容，甚至连语言上的古今差异也不去注意。结果，他们的作品只能是"古人影子"，是假古董，这就自然而然把文学引到更加脱离现实的道路上去。他们用形式主义来反对形式主义，实际上是在开倒车，把诗文创作引上绝路。

因此，在明代中叶前后，反对前后七子的屡有人在。嘉靖年间，王慎中、归有光、唐顺之、茅坤等人以继承唐宋古文相标榜来同七子对抗。到了明神宗万历年间，又有"公安三袁"（袁宗道、袁宏道、袁中道，他们是湖北公安县人）出现，形成晚明时期的反拟古运动。

中唐以后，市民文艺开始萌芽滋长；到了两宋，便极其蓬勃地发展起来；历元明两代而日趋成熟。从形式方面看，一切属于市民文艺范畴的文学作品如词、曲、杂剧、话本等，在语言方面都具有口语化的特点。从内容方面看，那些反对伦常礼教、要求婚姻自主、暴露黑暗统治、揭示社会矛盾的作品更是在多数封建士大夫的正统诗文中所找不到的。"公安三袁"的文学主张和创作实践，是在接受并吸取市民文学的一部分思想内容和语言方面某些特点的基础上，来反对以模拟剽窃为能事的前后七子及其作品的。他们强调写文章应该讲求"新""变"，并应该把文章写得有"韵"（指特殊风貌，不是指押韵）有"趣"。他们认为，只有形式"新""变"的文章才能表达所谓"真性情"和言之有物；只有文章里面有了才华洋溢的"韵"和沁人心脾的"趣"，才能算文学作品。他们在一定程度上有企图冲破封建礼教束缚的要求，表现在文学创作上，便是主张文体解放。因此他们写文章不避俚俗，不拘格套，力求在浅显平易的文辞中见"真性情"。从反对前后七子的拟古主义倾向来看，三袁的文学主张和公安派散文在当时是有一定进步意义的。

但公安派作家过的仍是地主阶级的悠闲生活，很少接近人民。他们固然看不惯当时政治的黑暗腐败，但他们却采取了逃避现实的处世方法，自居于山林隐逸，对黑暗的社会不敢作正面抨击。因此他们写的散文大部分属于寄情山水、发泄牢骚的作品，带有消极倾向。作为作家，大抵局限于个人的小天地中，缺乏昂头天外的胸襟和正视现实的气概。他们所谓的"真性情"距离劳苦人民大众的思想感情依然十分遥远。正如鲁迅所批判的，他们的散文大部分是供养在士大夫书斋中的"小摆设"，只能供失意的封建文人自我陶醉或无事消遣，于国计民生并无什么裨益。这就把散文的社会作用大大削弱，并且给后世带来了消极影响。

继公安派以后，又有竟陵派（竟陵即今湖北天门县），代表作家是钟惺、谭元春。他们的文学主张与公安派大体相似，但作品内容却更加空疏贫乏。这一派的文章大都具有幽深峭刻的风格，但失之晦涩，显得艰深费解。只有目睹明王朝亡国之惨的史学家张岱，在继承竟陵的传统上更吸收了公安派的特点，把大量民间口语融入散文中去，写出了有声有色、有情有趣的作品，成为明末散文小品作家中的巨擘，为明代散文做了光荣的结束。

九

从清代初年到鸦片战争以前，散文基本是在复古主义云雾的笼罩下缓慢地演变着。其中以始于乾隆、终于清末的桐城派"古文"影响较大。

远在桐城派兴起以前，由于明代拟古风气太盛，一般人写散文都以唐宋八大家为依归，如清初的侯方域、魏禧等就是标榜承袭《史记》和韩愈的。后来安徽桐城人方苞、刘大櫆、姚鼐等，明确提出宗法韩、欧，作"古文"，讲"义法"，形成所谓桐城派。他们所谓"义"，是指为封建统治阶级服务的"圣人之道"，他们所谓"法"，则指从唐宋八家和明代归有光的作品中汲取写作方法。他们的理论看似缜密，实际上却是袭取了写八股文的方法——用比较有规律的某几种文章形式去套某几种性质的文章内容，并且还制定了一系列必须严格遵守的清规戒律，从思想内容到语言结构都局限在固定的讲究起承转合的框框里。这就使得文章千篇一律，流于公式化，形式呆板而内容空泛，只是为了讲"义法"而做文章，变成没有八股的八股文了。

到了晚清，桐城派作家中头脑比较清醒地认识到一味向八大家或归、方、刘、姚诸人的作品讨生活是没有出路的了，于是纷纷尝试着走另外的路。如梅曾亮强调文章应有时代特色，他说："文章之事莫大乎因时"，"使为文于唐贞元、元和时，读者不知为贞元、元和人，不可也；为文于宋嘉祐、元祐时，读者不知为嘉祐、元祐人，不可也"（《与朱丹木书》）。但在具体实践中却缺乏有效办法。而稍后的严复，则用先秦诸子的语言和风格来翻译欧洲资产阶级社会科学的著作。甚至连反对资本主义文化和白话文的顽固派人物林纾，也试以《左传》《史记》的笔调来翻译欧美文学作品。但这种"旧瓶装新酒"的点滴改良并不能挽救古典散文走向终结的命运。

桐城派是继承唐宋古文八大家传统的。与此同时，也有一派专写骈体文的作家，自清初的陈维崧至清末的张之洞，都以擅骈体文著称，其中有代表性的人物如吴锡麒、袁枚、孔广森、孙星衍、洪亮吉等，都各有特色。而介于骈散之间并以汉魏派文章自我标榜的则有清中叶的汪中和清末的王闿运。清中叶以后，作为桐城派的别支阳湖派，即以武进人恽敬、张惠言等人为代表的一批作家，也主张在一定程度上吸收骈体文的优点和特点来写"古文"即散体文。但由于缺乏坚实的生活底子和丰富的社会实践，其思想艺术成就都不很突出。

1840 年前后，中国已开始沦为半殖民地。较早的启蒙主义者龚自珍、魏源，用他们雄奇恣肆的汉魏体文章来鼓吹变革，揭露弊政，成为后来资产阶级改良主义变法运动的先驱。始而提倡改良主义、终于堕落为保皇党的康有为，早年的散文也写得纵横驰骋，颇具豪迈特色。章炳麟是辛亥革命前旧民主主义革命阶段的重要人物，他主张写宣传革命的文章应该"叫咷恣肆""跳踉搏跃言之"。他提倡具有科学性、逻辑性的说服力和质朴的文风，然而他那种种族革命论的狭隘性却大大限制了他的民主主义的思想认识水平，使他把继承民族文化传统与复古主义混淆起来，竟至于把古文字学当成文学的基础，把文字和语言割裂开来，把文章的内容和形式对立起来。其结果是，尽管文章的内容很有思想性，而作品本身却因写古字造古语而根本使人看不懂。但章炳麟早年写的宣传鼓动民族革命的散文集《訄书》，还是一部有代表性的著作。而严复的译文和章炳麟的政论，更直接给予五四以前的鲁迅先生在散文方面比较多的影响。

辛亥革命以前，作为资产阶级改良主义的散文家，梁启超是较有代表性的一个。梁的先驱是谭嗣同。谭的文章有一定内容，战斗性也较强，但在表现形式上不免出现古色古香的句法和难读难懂的语汇。梁启超自戊戌变法失败亡命日本后，便在他所办的《新民丛报》上大写文章，通过介绍西方资本主义文明来宣传改良主义思想。用梁氏自己的话说，他的文章"笔锋常带情感"，因而同过去一般的说理文在风格上有较大差别。这就是所谓的"新民体"。其特点是：行文比较自由；宣传鼓动性强；把古老的词汇和新兴的术语、古今中外的历史掌故和各种科学名词、包括佛经道藏在内的世界各种宗教用语都杂糅在一起，以达到他矜奇炫博的目的。其优点是使读者耳目一新，很容易受到感染，把读者紧紧吸引住；其缺点则是文字显得庞杂零乱，哗众取宠，形成了浮夸虚诞的文风。但在辛亥革命前后，"新民体"的影响还是比较大的。

为了繁荣、发展我国社会主义文化事业和文学创作，在马克思列宁主义、毛泽东思想的指引下，古典散文方面的遗产是值得我们批判地继承的。我们应对这些遗产进行

整理、研究、分析、批判并加以利用，以便让它更好地为
社会主义现代化建设服务。

一九六三年初稿

一九七三年改写

一九八二年重订

附　编

说"赋"

一

作为赋诗之义的"赋"字，在先秦古书中始见于《国语》和《左传》。《左传》中家喻户晓的第一篇文章《郑伯克段于鄢》（隐公元年）就有"公入而赋：'大隧之中，其乐也融融！'姜出而赋：'大隧之外，其乐也泄泄！'"的记载。隐公三年又有"（庄姜）美而无子，卫人所为赋《硕人》也"的说法。近人杨伯峻先生《春秋左传注》于隐公三年注云：

> 赋有二义，郑玄曰，"赋者或造篇，或诵古"，是也。此"赋"字及隐五年《传》之"公入而赋""姜出而赋"，闵二年《传》之"许穆夫人赋《载驰》""郑人为之赋《清人》"，文六年《传》之"国人哀之，

为之赋《黄鸟》"，皆创作之义；其余赋字，则多是诵
古诗之义。

作为"诵古诗之义"的"赋"字，在《左传》是屡见不鲜
的。如僖公二十三年重耳见秦穆公，就有"公子赋《河
水》，公赋《六月》"的记载。据《国语》韦昭注，"河水"
当是"沔水"之误。《沔水》《六月》皆见于今《诗经》，
所咏并非秦、晋当时之事，故知是诵古诗而非创作。总之，
"赋"字的这两种讲法，都是动词，一指作诗，一指诵诗，
这说明"赋"是与诗歌有关的。班固《两都赋序》："赋者，
古诗之流也。"除了给"赋"下定义外，还说明赋与"古诗"
关系密切，而所谓"古诗"，根据秦汉人的理解，主要是指
《诗经》。证以《左传》的记载，也确是如此。近人或言班固
所说的"古诗"专指《楚辞》而不一定包括《诗经》，似乎
理解得有点狭隘而片面了。至于"诵诗"，《汉书·艺文志》
云："不歌而颂（诵）谓之赋。"则知"赋诗"对"歌诗"
而言。歌诗是唱诗，有音乐伴奏；而赋诗只是朗读。后来作
为一种文学体裁的"赋"，也都是只能诵读不能歌唱的。这两
种讲法（作诗或诵诗）就是"赋"字最早的含义。

正由于"赋"之或为作，或为诵都与《诗》有关，所
谓"诗"，是指有韵之文，因此《荀子》中有《赋篇》。
《荀子·赋》共包括六篇韵文，实际上是六篇诗歌，即
《礼》《知（智）》《云》《蚕》《箴（针）》《佹诗》。所以我

个人始终认为，赋之作为一种文学体裁，其性质虽近于散文，却应属于诗歌范畴，因为它的特点是押韵，是韵文。甚至到了唐宋时代，如杜牧的《阿房宫赋》、欧阳修的《秋声赋》、苏轼的《赤壁赋》等，几乎通篇近于散文了，但它们仍是有韵的，毕竟还保存着诗的因素。有人径把"赋"列入散文史，这在叙述上诚然比较方便，而且就其观点本身来看，也能持之有故，言之成理；但从赋的发展轨迹言之，"赋"仍应属于韵文范畴，它同诗歌的关系更为密切，则是定不可移的客观事实。

二

从作为动词的"赋"（作诗或诵诗）演变到作为名词的"赋"（一种文学体裁），中间还有一个环节，那就是所谓"《诗》有六义"的"赋"。《诗大序》说："故《诗》有六义焉：一曰风，二曰赋，三曰比，四曰兴，五曰雅，六曰颂。"这是汉人的话，实本于《周礼·大（太）师》，即"大（太）师……教六诗：曰风，曰赋，曰比，曰兴，曰雅，曰颂"是也。《周礼》一书，比较可信的说法是成于战国。其成书与《荀子》孰先孰后，值得讨论。考荀况为战国后期人，《荀子》的成书当较其人的活动年代更晚一点，故《荀子》书中文字多有与大、小戴《礼记》相同者。因此我们不妨这样推定，即《周礼》的成书似较《荀子》为早。退一步说，《周礼》中所保存的原始资料也应比《周礼》成书的时代为早。故我们认为"六义"之"赋"略先于《赋篇》，并非捕风捉影的臆测。郑玄《周礼注》对这个"赋"的解释是："赋之言铺，直铺陈今之政教善恶。"再分别检视古籍旧注，"赋"训"布"（《毛诗传》《广雅·释诂》《小尔雅·广诂》及高诱《吕览注》），训"铺"（王逸《楚辞章句》）；刘熙《释名·释典艺》："敷布其义谓之赋。"这些训诂，都是刘勰《文心雕龙·诠赋》中说的"赋者，铺也，铺采摘文，体物写志也"的依据。可见后人解《诗》，以"直陈其事"作为"赋"的定义是不错的。这里我想谈几句题外之文，然后再回到"赋"的问题上来。即为什么《周礼》和《诗大序》把"风""雅""颂"和"赋""比""兴"这两组性质不同的概念合在一起，却又把"赋""比""兴"插在"风"之后和"雅""颂"之前？古人对此，虽觉得提法上有点问题，却无人深入研究，提出合理的解释。我以为，这里的"风""雅""颂"也同"赋""比""兴"一样，是指创作方法而非特指《诗经》中的三类诗体。这并非我的主观武断，而是从《诗大序》中完全可以找到合理的答案。

《诗大序》对于"风"的解释比较详尽，始而它说：

　　　　风，风也，教也；风以动之，教以化之。

继而又说：

> 上以风化下，下以风刺上，主文而谲谏，言之者
> 无罪，闻之者足以戒，故曰风。

由此可知，"风"有讽喻的意味（"风，风也"，第二个
"风"字即应该为"讽"），是"主文而谲谏"的。也就是
说，"风"不是直陈其事，而是拐弯抹角，用"婉而多讽"
（鲁迅语）的手法来"谲谏"的。它不仅可以"化下"，而
且，在今天看来则更是主要的，还可以"刺上"。这就与
"赋"成为鲜明对照。"风"婉而"赋"直；"风"讽喻而
"赋"铺陈，"风"对政教善恶不从正面直说，而是"谲
谏"；"赋"则"直铺陈今之政教善恶"。这就是在"六义"
中所以"风""赋"对举，把"赋"与"风"并列的道理。
因为它们是截然相反的两种创作方法。

　　至于后面的"比""兴""雅""颂"，我以为，虽与
"风""赋"平列，实带有从属关系。"比""兴"是从属于
"风"的。既想"主文而谲谏"，即婉讽，当然宜"比"、
宜"兴"；"雅""颂"是从属于"赋"的。既然可以直陈
其事，则宜雅（《诗大序》："雅者，止也"）、宜颂（《诗大
序》："颂者，美盛德之形容，以其成功告于神明者也"）。
用今天的话说，赋是从正面，用正面的语言，来歌功颂德
的。但是，《诗》中的《风》《雅》皆有美有刺，又当如何

解释? 于是出现了"变风""变雅"之说, 凡属于"美"者为正风、正雅, 凡属于"刺"者为变风、变雅。这样, 就能自圆其说了。这就是秦汉时代儒家者流对《诗经》的总括性解释。

"赋"既成为创作手段之一, 即"直陈今之政教善恶", 于是《荀子》中有了《赋篇》。这又产生了矛盾。《赋篇》中的前五节, 实含有谜语性质, 所谓"遁辞以隐意, 谲譬以指事","纤巧以弄思, 浅察以炫辞"(《文心雕龙·谐隐》)是也, 怎么偏用以"直陈其事"为手段的"赋"来命名呢? 其实道理很简单。《赋篇》中的几段文字, 虽然未把谜底先行揭出(最后还是说破了的), 而只是在谜面上做文章, 却极尽铺陈之能事。盖不"敷布其义"则谜底之特征不彰; 惟其要把谜底的内涵写透, 才就谜面细致周详地加以描述, 这不正是"赋"的本色么? 后世写赋, 实际上是把谜底公开, 然后专就谜面大加发挥刻画(如宋玉的《风赋》和枚乘的《七发》), 这不就成为正式的(或典型的)"铺采摛文"的"赋"了么? 鄙意《荀子·赋篇》的写法还带有民间色彩, 故义含"谐隐"; 后世文人作赋专从正面落笔, 且多以歌功颂德为主, 所以只是"直陈其事"而已。不过《赋篇》虽近谜语, 却以君臣问答的形式出现。这种问答形式乃成为后世赋体中典型表现手法, 也可以说形成了一种传统。两汉的大赋如《子虚》《上林》之类不消说了, 甚至到了宋人的散文赋如《秋声》《赤壁》诸篇, 也还保留了主客问答的框架。足见其影响之深远久长。

<h1 style="text-align:center">三</h1>

历来讲文学史，都认为"赋"自《楚辞》发展而来。这本不错。即以撰写《赋篇》的荀况而论，他本人也久居楚地。司马迁在《史记·屈原列传》的结尾处也说："屈原既死之后，楚有宋玉、唐勒、景差之徒者，皆好辞而以赋见称；然皆祖屈原之从容辞令，终莫敢直谏。"所谓"好辞而以赋见称"，这个"辞"似非泛指"辞令"，而是指骚体的《楚辞》。既说以"赋"见称，可见宋玉以下这一批文人已是"赋"的作家了。则《楚辞》与"赋"的血缘关系原很明显。不过我认为，这样的说法是从文学体裁和艺术的表现形式来看的；若论其内容实质，则"赋"之更早的渊源实为《三百篇》中的《雅》《颂》。《大雅》中若干篇一向被称之为周代史诗的作品已俨然赋体，不仅其"体物"的职能已具，而且是从正面来写的歌功颂德文字。谈后世的赋而不上溯于《诗》之《雅》《颂》，即谓之数典忘祖，亦不为过。

至于《楚辞》中屈原的作品，《天问》是散文化了的四言诗（或者说得精确一点，是以四言为基本句式），受《诗经》传统影响较大，似赋而实非赋。《离骚》《九歌》《九章》皆为骚体（即具有楚国特色的文学体裁），内容也都属于抒情诗范畴，与"赋"并不一样。唯独《招魂》一篇，除首尾两节有骚体遗风外，中间只有用"些"字作为虚词算是楚国方言，其整个创作手法和艺术表现形式与骚体抒情诗完全异趣，而更接近于后来的"赋"。此外还有《大招》，乃拟《招魂》之作，与《招魂》性质相近而写作时代更晚，可置毋论。我曾想过一个问题，即司马迁在《屈原贾生列传》篇末的短论中明明把《招魂》的著作权归于屈原，西汉的刘向和东汉的王逸（尤其是梁昭明太子萧统）不会不知道。何以王逸据刘向编纂的《楚辞》做注解，却把《招魂》算成宋玉的作品？（王逸并未把《大招》也归在宋玉名下，可见他并非胡来。）唯一的理由是：《招魂》是赋体而非骚体，而宋玉之徒，则"虽好辞而以赋见称"者也。今传世之《高唐》《神女》《风赋》《登徒子好色赋》诸篇，皆署宋玉作。即使是托名，但为什么独托名于宋玉，也值得考虑。总之，从王逸到萧统，心目中有一个写赋的祖师爷——那就是宋玉。因为《荀子·赋篇》毕竟较为原始，而所谓宋玉诸赋，首先是《招魂》，则确属正规的、典型的"赋"。我们从先秦的《招魂》经西汉枚乘的《七发》而到司马相如的《子虚》《上林》，既看出"赋"这一文学体裁正在发展，有其创新的一面（如果从篇幅大小上着眼，则明显地向大赋方面发展）；同时也看出它们之间息息相通，有其一脉相承的一面。至于《子虚》《上林》之为姊妹篇型的大赋，实从《高唐》《神女》两篇承袭而来。所以我的意见是：《高唐》《神女》纵非宋玉手笔，也必成于《子虚》《上林》之前。继司马相如之后，则有扬雄的《羽猎》《长杨》，班固的《两都》，张衡的《两京》，直至左思之《三都》而达于顶点。再往下写，即使还有适当的题材，恐怕也不会有人爱看了。

文学史上还有一种说法，即所谓大赋发展到东汉以后，逐渐出现了抒情小赋，人们每以张衡的《归田赋》为例。其实所谓抒情小赋，从西汉初年就一直存在，而且还是从《楚辞》的骚体抒情诗发展下来的。贾谊的《吊屈原赋》，淮南小山的《招隐士》，都是显证。就连《高唐》《神女》二赋，虽为《子虚》《上林》之滥觞，也还兼具抒情成分在内（此所以《高唐》《神女》必不能出于《子虚》《上林》之后也）。近人郭预衡先生撰写的《中国散文史》，把"赋"分成"牢骚之赋"和"歌颂之赋"。"牢骚之赋"实即抒情小赋；而"歌颂之赋"，则为通常所说的大赋，亦即自《雅》《颂》发展拓广而成的颂圣之作。而当大赋的高潮过后，抒情小赋自然从潜流一变而为主流，重新抬头，引人注目，这原是不足为怪的。当然，我们若单从篇幅长短来判定其大或小，说法并不科学。后世依然有篇幅较长的作品，只要有内容，依然能不朽而传之永久，庾信的《哀江南赋》便是一个很好的例证。不过那种只靠铺采摛文而空洞无物的颂圣之作，不再受人欢迎罢了。

四

郭预衡先生在《中国散文史》中还谈到"文体之赋"和"赋体之文"。其实这种"横向"关系，不仅在赋与散文之间有之，凡古典文学（甚至近、现代文学）中各种文学体裁之间皆有之。比如"以文为诗"和"以诗为文"，"以文为赋"和"以赋为文"，以及"以赋为诗"和"以诗为赋"，等等，都能在文学史上找到明显而恰当的例证。自建安以后，诗人多"以赋为诗"，自曹植至大、小谢多有之；而不少作家则往往"以诗为赋"。为什么六朝小赋更受读者欢迎？此无它，作家们多"以诗为赋"，故其赋饶有诗意。自王粲《登楼赋》、曹植《洛神赋》直到庾信、萧绎诸人之作，无不令人赏心悦目，就是这个缘故。尤其是庾信，甚至干脆用诗体来写赋，你称它为诗体之赋或赋体之诗均无不可。如他的《春赋》《对烛赋》等，都是把五言、七言诗与押韵的四六骈文交织在一起，形成一种新式美文，但我们还得称它们为"赋"。而赋与诗，赋与骈文，骈文与诗，三者相互融合，关系尤为密切。《哀江南赋序》是一篇对仗工整的骈文，但它与《哀江南赋》正文却是不可分割的。《采莲赋》与结尾的《采莲曲》也浑然成一整体。到了唐代，举王勃的《滕王阁序》为例，序文和篇末的八句诗，究竟孰为主体，实在很难说。这种横向关系乃是文学发展的必然趋势。如律诗之形成即显然受骈文的影响，而骈文之四六对仗则又从《诗》《骚》之四言、六言诗句发展而来。明乎二，则六朝小赋之形成，一方面如前所说，是文学发展的必然趋势，一方面也正好给"赋"这一古老文学体裁注入了新鲜血液。至于唐宋以来的律赋，原是骈文的副产物，由于人为地给它套上了限韵的枷锁，终于使它逐渐走上绝境。而所谓的"散文赋"则本属赋之变体，也终于敌不过可以自由驰骋的无韵散文，当然也就不易广泛流行了。读者如试就本文所谈，回溯一下"赋"的全部发展轨迹而考其生命力的或盛或衰或强或弱，则对今天文学艺术的前进和发展，或者不是没有借鉴意义和作用的吧？

1988 年 10 月下浣在北京写讫，11 月改订

宋诗导论

作者前言：这是我 1987 年为北京大学古文献研究所全宋诗研究生班讲《宋诗》专题的第一讲，现根据讲稿整理成文。我在这一讲里谈了以下几个问题：一、我是怎样开始阅读和学习宋诗的？二、宋诗在中国诗歌发展史上占什么地位？三、宋诗的主要特点是什么？四、宋诗的分期问题。由于是专题课，有些提法的角度同讲文学史时不一样，姑且美其名曰"一家之言"吧。我不是研究宋诗的专家，难免说外行话；希望广大读者和这方面的专家能提出指正批评的意见，幸甚。1989 年新中国成立四十周年大庆之月记于北京。

一　我是怎样开始阅读和学习宋诗的？

本人不是专门研究宋诗的，但对宋诗有感情，也有一些不成熟的看法。我教了一辈子中国文学史，诗歌、散文、小说、戏曲我都要讲。但我自己最感兴趣、体会心得比较多的还是诗词。我从小读古文，对古典散文下过一点基本功；戏曲是我业余爱好；后来治古典小说，那纯粹由于工作需要。至于诗词，我比较喜爱《毛诗》和汉代乐府五言诗，最有兴趣的还是唐诗。词也只喜欢读唐五代北宋词。说到读宋诗，也算是工作需要。因为要讲文学史，必须认真读书，仔细备课。

但我毕竟对宋诗不算陌生。正如前面所说，既有感情，也有看法。原来我年轻时有很长一段时间喜欢读清诗，从乾隆、嘉庆时代的黄景仁、舒位、王昙、孙原湘、张问陶，直到龚自珍，最后是同光体和南社诗人，对他们的诗我都很感兴趣。由于清人学宋诗者多，便上溯到宋诗。比如清人厉鹗、查慎行以及袁枚、赵翼等，都受苏东坡影响；张问陶（船山）的七律，更是直接得自陆放翁的那些爱国诗篇。龚自珍的诗我以为有些很像王安石和王令（逢原）。这样，我同宋诗也就有了一定的缘分。20 世纪 70 年代末，北大中文系责成我和另外两位同志编《宋元文学史参考资料》，大量阅读了宋人诗集。可惜这件工作我没有做完，对宋诗也未能进一步深入研究。总之，我是在先读清诗的基础上开始读宋诗的。然后由于教学需要，又从唐诗往下推及宋诗。两头吃得比较透了，再把宋诗摆到唐以后、元明清以前，这就逐渐体验出宋诗在整个诗歌史上的地位，以及它的特点究竟是什么了。

二　宋诗在中国诗歌发展史上占什么地位?

我曾把中国古典诗歌归纳为以下几句话:它源于《诗》《骚》,兴于汉魏,盛于唐,变于宋,衰于元,坏于明,回光返照于清。当然这是我个人的观点,算不得定论的。

上面这段话,还应补充两点。一是从汉魏到唐,中间隔了个南北朝,这两三百年是从量变到质变的过渡阶段,但其总的趋势还是向上的,从而出现了我国诗歌史上的高峰——唐诗。二是从南宋后期经元到明,也是个从量变到质变的过程,不过基本倾向却是越来越差劲、越糟糕了。到了清代,诗坛确实有点起色。可惜时代的大气候变了,一切封建文学从内容到形式都受到根本影响,颓势已成,无法挽救,只能算是"回光返照"。但相对来说,清诗清词都胜过明代。只是清代散文由于受八股文影响太深,我以为不如明代。这是题外的话。

宋诗继唐诗之后,它的特点只能是"变"。唐诗是我国诗歌发展的高峰,这连宋人也不能不承认。在这样一个高峰之后,诗人还要写诗,要么躲开唐诗另走新路,要么在继承唐诗的基础上有所变化发展。躲是躲不开的,即使要躲避也不会躲避得很彻底,这在宋诗中有例可查。那只能在继承的基础上求新变。所以让我谈宋诗在我国诗歌史上的地位,可以概括为一句话:宋诗在唐诗以后,确实形成了一个不大不小的高潮，产生了仅次于唐诗（也可以说不大不小吧）的影响。说它不大，因为宋诗的成就没有大过唐诗；但在唐诗之后，从诗歌盛衰的形势看，从诗歌本身有价值有味道来看，宋诗又确实比元、明、清几代的作品高出不止一筹，所以也不算小。通过纵向的比较分析，察其脉络，观其趋势，我们逐渐懂得，没有唐诗不会有宋诗。但宋诗毕竟产生在已经形成高峰的唐诗之后，宋人也只能写出虽具有一定特色但毕竟不及唐诗出色的诗。可见文化艺术的继承与发展是密切相关的。总的说来，在唐诗以后，能在中国诗歌史上独树一帜的，只有宋诗；能有资格与唐诗相颉颃，基本上可以分庭抗礼的，也只有宋诗；对于后世，除了唐诗，能给予后世以重大影响的，还是只有宋诗。因此，我们可以这样说，宋诗是唐诗以后在诗歌史上居于仅次于唐诗的重要地位。

三 宋诗的主要特点是什么？

我们一谈到宋诗的特点，总说宋人以文为诗，以学问为诗，以议论为诗。所谓以文为诗，即诗歌日趋散文化。所谓以学问议论为诗，就是说诗到了宋代，不完全诉之于形象思维而经常诉之于抽象思维即逻辑思维。特别是以文为诗这一点，既是宋诗的特点，也有不少人把它看成宋诗的缺点。因此不得不多讲几句，而且话题要扯得远一点。

　　诗与散文的关系是对立统一的。诗是韵文，韵文与散文是一对矛盾，但它们都受汉语汉字的制约。汉语是单音缀，因此汉字也是一字表一音、一音表一义的。我们今天所能见到最早的散文，是刻在甲骨或铜器上的。由于生产力不发达，生产手段比较简陋，在甲骨上刻的或在铜器上范铸的字数必须尽量精练简括，数量越少越好，而含义的容量与密度却要求越大越好，同时还必须要使人看得懂。这是汉语汉字的特点，也是我们用来表达思想感情的工具的特点。汉字产生后，反过来对汉语又产生制约作用。诗也好，文也好，都以简练浓缩为主。最古的诗是二言、四言；一篇短文不过几十字，几百字已是长文章了。由于汉语是单音缀，写成汉字，必须有声调，可对仗，于是出现了格律。诗有律诗，文有骈文。骈文的四言、六言句法，是从《诗》《骚》的四言、六言的形式发展过去的；而诗里可以寓哲理、发议论，又是从散文的内容吸收过来的。散文要诗化才美，诗要散文化了领域才宽。发展到今天，白话诗基本上实现了散文化，而今天的散文却嫌诗化得不够，没有文采，不够精练，不能以少量文字表达丰富的内容。过去写千把字的散文已经是鸿篇巨制，今天写"千字文"仅属"微型"小品。当然时代不同、古今语言不同，不应一概而论；但作者主观上的文化素养问题也是应当考虑的。

　　贯穿整个中国诗歌史，包括词、曲以及一切押韵文字如戏词、歌词等，其发展同三个方面分不开。在体裁格律方面同音乐分不开，其思想内容与社会思潮分不开，这两点我们放在下面去讲。而就诗歌本身的内部发展，包括题材的扩展、形式的变化、诗歌生命的延续以及根据什么趋势、倾向往前行进等等，则与散文分不开。今天称之为横向联系。其实一切学问、思想、科学，从来就离不开横向联系，不过前人称之为"交流""融合"或什么什么"化"，苏轼说王维"画中有诗""诗中有画"，实际就是诗与美术的联系。添一个或换一个新名词不等于我们的学术研究向前进展多少。一谈起中国诗歌，我们很自豪，说中国是诗的国度。这话当然不错。但从现实生活和社会功能的应用范围来看，散文可能更为重要。因为除了韵文就是散文，撰写论文，发表文件，写文学作品除韵文以外的其他品种，都用散文。当然，我们说中国是诗的国度，不纯粹指诗歌的数量（固然数量也有关系，一个国家诗歌的数量能与散文平分秋色已经够了不起了）。所以这样说，主要是指以下两层意思。一是说，中国的一切文化艺术，无不渗透了诗的特点，即诉诸形象思维的事物占很大比重。比如说汉字，是从象形字开始的；汉语有声调上的抑扬起伏，即平上去入的不同。在我们各类艺术品种里面，一定要讲求诗情画意。而在我们古老的中国，连写哲学论文、军事论文，也大量运用形象思维，用艺术性很强的比喻和诗的手法来完成之，来发议论讲道理，这就把哲学、科学也给诗化了。为什么我们讲文学史先秦部分，总爱说那时"文""史"

"哲"不分，实际是"史""哲"中间都渗透了"文"的成分、"文"的因素，亦即诗的成分和因素。简而言之，在我们的民族传统文化的非诗领域中也能找到诗，至少能找到诗的因素、诗的手段；反过来，用诗的表达方法和艺术手段也能表达非诗的内容。二是从先秦到今天，不管眼下思潮有多新，而我们的理论核心，至少有一点是源远流长的，即我们的真、美、善的原则标准是统一的。我们的美学思想与真和善不可分割。孔子说诗可以兴、观、群、怨，汉人解诗主张美、刺，提倡诗教讲究"温柔敦厚"，都是与真和善紧密结合的。传统理论中我们强调的是"诗言志""歌咏言"，并描绘诗与生活的密切联系："言之不足故嗟叹之，嗟叹之不足故歌咏之，歌咏之不足则不知手之舞之足之蹈之也。"可见诗在一切文化艺术领域中是统帅、是核心。从上述两层意思说，中国确是诗的国度。何况从先秦到现当代，无代无诗，尽管诗的形式屡变（如词、曲、白话诗），内容也各不相同，但作为诗的共同特点，所谓抒情言志，所谓共鸣，所谓"声入心通"，却是终始如一的。读者从诗里可以得到特殊的美的享受，也是人同此心，心同此理的。

我们从这里出发，再来看诗与散文的关系。因为尽管我们说中国是诗的国度，可它在文化领域中却被散文的汪洋大海包围着。我们固然承认诗的因素、诗的手段可以渗透到其他艺术和科学领域以及哲学思想领域中去，那么，其他领域里的东西也必然会渗透到诗的领域中来。于是有的诗人被称为"诗史"，说明诗中存在着史实；有的诗里有哲理，优秀美好的被称为"理趣"，拙劣说教的被称为"理障"；有议论，有说明，有名言警句，有对古今人物事件的评价……在我们的文学批评史上，常出现《论诗绝句》《论词绝句》《论曲绝句》这样的属于理论阐述性质的组诗，以及长长短短的古近体诗，它们所讲的内容，本质并不是诗，却是用诗的形式表达出来的。这就说明，诗与散文的关系从来就是十分密切而相互融合的。

说到"以文为诗"这一特点，只要我们平心静气仔仔细细研究一下，就可以看到，从《诗经》《楚辞》开始，诗里就已有议论说理的成分了。《雅》《颂》不必说了，就连国风里的抒情诗，也还是有发议论的地方。"彼君子兮，不素餐兮"，是不是议论？至于《离骚》《天问》《九章》，就更不必说了。汉代五言诗，下及建安、黄初、正始，许多著名作家的诗中都不乏以文为诗的显著例证。晋代玄言诗不必说了，就魏晋南北朝这一阶段的诗人的作品而论，陶渊明的成就最高。偏偏陶诗中议论最多，散文式的诗句也最多。唐代诗人对宋诗影响最大的凡四家，即杜甫、白居易、韩愈、李商隐。试看他们哪一家的诗里没有以文为诗的作品？可见以文为诗原属古已有之，不过于宋诗为烈而已。盖《诗》中《雅》《颂》与金文铭辞互为影响，《楚辞》受诸子散文影响；西汉以后，直至唐人，作为诗人的作家、学者，有几个不受经、史、诸子百家的影响？这里面还有一个规律。一个人写诗（主要指唐朝人），要想跳出齐梁唯美主义（宫体诗）和形式主义（基本上指格律诗）的束缚，就得求助于诗歌的散文化。陈子昂首先提倡"建安风骨"，李白继之而发扬光大，而他们的作品，就都存在着诗歌散文化的显著痕迹，如陈的《登幽州台歌》和李的《战城南》。杜甫的《北征》，白居易的《勤政殿老柳》，竟以史官笔法入诗。韩愈和李商隐的例子就更多了，这里姑从略。可见把散文的特点往诗中"引进"（另一方面，诗的特点也向散文领域中"输出"，这就是横向联系，互为影响或互相融合），原是我国诗歌发展的必然趋势。只是到了宋代，这一趋势由自发的成为自觉的，由个别的成为集中的，终于形成了宋诗的一大特点（即宋代诗人作品中的共性）。这一特点反映在诗歌语言上，又形成两个极端，一是语言的通俗化，二是用典用事的大量增加。所谓以学问为诗，正是指在诗中大量用典用事。不仅西昆体作家爱用典，江西诗派的诗人也爱用典。就连欧、王（安石）、苏、陆这些大诗人，诗中的典故也要比唐诗多得多。这也是一种不得不然的"走向""趋势"。

宋诗的另一特点是一方面脱离了音乐而成为纯粹的"徒诗"；另一方面在近体诗上确比唐诗发展得更成熟、更活泼了。所谓脱离音乐而成为纯粹的徒诗，那显然是由于词的兴起和发达的缘故；至于近体诗的成熟，我是指七律和七绝。在唐代，七律是新体，并未发展到极致。以杜甫为例，杜诗中五律要比七律多出四至五倍（《十八家诗钞》选杜律，五律与七律的比例是六百比一百五十）。直到晚唐，许浑、温庭筠、李商隐等人写的七律才算比较成熟。而宋人的七律，在用典用事上，在语言的灵活和对仗的工巧上，都不弱于唐人，而且有明显特色。至于七绝，宋诗绝对不比唐诗差。上面所说，主要是从形式与技巧的角度来谈的，但形式与技巧不是孤立的，它对内容题材也起着制约作用。比如宋诗中属于游子思妇、相思离别、男欢女爱这一类题材的作品相对的少了，有人认为都"撤退"到词里去了，特别是以女性为抒情主人公，在宋诗中几乎绝无仅有了；但如果从另一个角度说，又何尝不是由于词的兴起与发达，而把这一部分内容从诗中给侵占、掠夺去了呢！所以有人说诗比词的题材广、大、宽，这只是就其荦荦大端言之；相对来说，有了词，诗的风格反而定了型，有些题材在诗里倒不见了。

从社会思潮方面看，中唐以前，读书人的思想还是比较自由活泼的，诗人写政治诗、爱情诗以及讽刺诗，都比较随便，不大有顾忌。中、晚唐以后就差多了，但有些诗人仍然写了大量政治诗、爱情诗以及讽刺诗，尽管手法略带隐晦，李商隐的作品就是一个很突出的例子。宋代对文人士大夫的思想统治，我以为似宽而实严。表面上似乎没有什么文化专制政策在钳束作家，但儒家道统观念从北宋起即已对士人产生影响，这样就对诗歌内容在无形中设置了一些条条框框。到北宋后期，从潜在的舆论的压力逐渐转化为公开的政令的控制，有些趋炎附势之徒还无中生有地进行深文周纳，于是出现了"乌台诗案"这样类似文字狱的事件，以及后来旧势力对王安石一派的反扑，政治上的派系斗争影响了诗歌的自由发展。南宋时代，由于民族矛盾转化为社会的主要矛盾，诗歌中爱国思想有所发展；但儒家思想作为一种统治思想则贯串整个赵宋王朝，人们从诗歌中是很难找到异端思想的。这确是宋诗的一个很明显的特点。

这三个方面汇集到一起，很自然地就形成了宋诗的特点。宋诗继唐诗大盛之后，不变是不行的；而所谓变，实际又受到以上三个方面的制约，仍有其必然存在的局限。这就是宋诗之所以为宋诗。

四 宋诗的分期问题

过去我在课堂上讲文学史，把宋诗分为六个阶段，即北宋、南宋各三个阶段。我没有用"分期"这一词语，因为说"分期"就有划时代的意思。我把北宋分成三个阶段，是以欧阳修和苏轼为标志的，欧以前为一个阶段，苏以后是一个阶段。到南宋，仍以作家来划分阶段，即尤、杨、范、陆为一个阶段，江湖派与四灵为一个阶段，宋末爱国诗人和遗民诗人为一个阶段。这基本上依照史的发展顺序，没有什么新见。到1985年我在北大历史系讲《中国诗歌史》，把欧阳修以前称之为"宗唐"阶段，欧以后称之为"变唐"阶段。"变唐"阶段发展到苏轼是高峰，然后倾向于追求纯技巧，这就是江西诗派的形成，从而进入另一阶段。到了南宋尤、杨、范、陆创作期间，又是一个新阶段。尤诗虽佚，但他的诗成就不高是可以肯定的；其他三人各有特色，而以陆游成就为最高。再往后，宋诗就走下坡路了。江湖诗派大部分作家写得比较"粗"，四灵诗又"细"得可怜。到宋末，诗人已不大注意艺术技巧，不过思想内容还有值得肯定之处。我原来的考虑就到这一步，除了想出一两个新名词（如"宗唐""变唐"）之外别无新意。

到 1986 年，从刊物上看到近年来有关宋诗研究的综合报道，其中谈到了宋诗分期的不同提法，有分四期的，有分五期或六期的，使人眼花缭乱。后来北大研究生陈植锷同学在《文学遗产》上发表了《宋诗的分期及其标准》一文，把宋诗分成六期，即沿袭期、复古期、创新期、凝定期、中兴期、飘零期。从分期的阶段看，大体不错，只是所用名词有欠妥当。我曾当面对陈谈了我的意见。首先，是复古与创新二者不能截然分开。文章有复古，由骈复散之谓也；诗而复古，是复到哪朝哪代呢？复唐之古吗？那么北宋初年的作家包括西昆体作家何尝不是模仿唐诗呢！复唐以前之古吗？可是欧阳修、苏舜钦、梅尧臣都写近体诗，显然也不对。唐、宋两次所谓古文运动实际上都是以复古为革新（或称创新），陈子昂、李白提倡建安风骨，实际上也是创新。欧阳修主宰诗坛时，与其同道者梅尧臣、苏舜钦等并没有强调复古。但欧宗李白、韩愈，梅宗陶渊明，苏古诗近于李、杜而近体接近晚唐，似复古而实际已在追求新变。何况复古与创新根本不能截然分开。王安石、苏轼并未否定欧、梅而是继承了欧、梅。如果把王、苏与欧、梅划归两个时期，显然是不妥当的。其次，把江西诗派产生以后的一段时间说成"凝定期"，认为这一段时间里没有好诗，这是没有把时代背景和文坛动向结合起来看。北宋末至南宋初，时代动乱，文坛自然无法出现正常发展局面，这是一个侧面；但大动乱以后也给文坛中兴创造了条件。宋诗所谓的"中兴期"，原是时代的产物。这是另一个侧面。吕本中（居仁）作《江西宗派图》，并没有把黄庭坚、陈师道、陈与义算进去，后来才有所谓"一祖三宗"的说法（"祖"指杜甫，"宗"指黄与二陈）。可见所谓"凝定期"没有好诗，并不是诗"凝定"了，而是在这一阶段中没有产生大作家。诗坛的一度死寂是时代动乱、民族矛盾大爆发造成的。从文学史发展本身看，根本不会出现静止不动的"凝定"局面。然而即使如此，北宋、南宋之间有三个作家仍必须引起注意。一个是"三宗"之一的陈与义，一个是道学家所推崇的刘子翚，还有一个是被公认为政治家的李纲。当然，他们的成就都远不及杨万里、范成大和陆游。于是在诗坛的发展过程中出现了"马鞍形"，因而才有所谓宋诗的"中兴期"。这些意见，陈植锷同学本人也不得不表示值得考虑。

如果要我分期，我就这样分——

一、宗唐期。指自宋初到 11 世纪 40 年代这一阶段，亦即以欧阳修为中流砥柱，在他主宰文坛命运之前的这段时间，大抵以宋仁宗庆历年间作为分界线。而宗唐的诗人也有三种不同派别。一是以杜甫、白居易为宗，如王禹偁；一是以杜甫、温庭筠、李商隐为宗，即西昆体作家（李商隐是学老杜的，前人早有定评；而西昆体之重辞采实亦兼受温诗熏沐）；还有一派则以中、晚唐隐逸诗人为宗，具体地说就是以贾岛、姚合和一些诗僧为宗，即九僧诗派和林逋。过去讲文学史，对这一阶段的三派太强调王禹偁的作用，并把他抬得很高；而把西昆体作为对立面，把它当成挨打的靶子（包括我本人讲课时也不例外），而对九僧诗派则只字不提。其实这一诗派与南宋的永嘉四灵（翁卷、徐照、徐玑、赵师秀）的诗风是一脉相承的。林逋因受到欧、苏等大师的推崇，在文学史上还不算太生僻。

二、变唐期。从宋仁宗庆历年间算起，直至南宋初年。这一时期诗人最多，大家、名家云集。欧阳修、王安石、苏轼、黄庭坚应该说都是宋代诗坛上第一流的诗人，苏轼的成就尤为突出。其次则苏舜钦、梅尧臣、王令、陈师道、张耒等也各具独自的风貌。再如有些政治家如范仲淹、韩琦、司马光，他们的诗也不应忽视。还有一些在当时颇有影响的诗人，而在文学史上连姓名都几乎湮没了，如宋祁、刘攽、文同、郭祥正等。最后，还要考虑到有些学者、古文家，甚至理学家，也不应轻易置之诗坛之外，如李觏、曾巩等。有些词人则因诗名为词所掩，搞得连诗集都失传了，如柳永、周邦彦；而秦观、贺铸等虽有诗集传世，也不大为人关注。这些作家的诗有一共同特点，即尽量把诗写得或多或少区别于唐人之作，而使之具有当代的精神风貌。这就是我所谓的"变"。

三、中兴期。如上所述，在第二、第三两个时期之间宋诗的发展出现了"马鞍形"。而当杨万里、范成大、陆游这几位大诗人崛起于南宋诗坛时，自然形成中兴局面。可惜的是，这一时期的作家并不很多，没有形成作家群（而南宋词人却很不少），除杨、范、陆等大家外，即使有其他人，成就也不高。这就自然而然步入了第四阶段衰落期。照我个人的看法，尽管在南宋后期涌现出的作家并不少，而从诗歌的质量来看，不仅是宋诗到了衰落时期，甚至整个诗歌也日趋衰落了。而这一衰落趋势竟成了一个大滑坡，直贯元、明两代。尽管元明两代也出现了若干有成就的诗人，但并不等于说足以挽回整个古典诗歌走向衰落的颓势。到了明末，出现了陈子龙、顾炎武、钱谦益、吴伟业这一批诗人，古典诗歌才有了新的起色，然而这已不是本文所涉及的范围了。

《历代小品大观》序言

一

　　五四时期，文学革命的先驱者们掀起了新文学运动的巨大浪潮。其中散文一体，虽说与小说、戏剧、诗歌并驾齐驱，实际上却有其格外突出的地位。几年以前，我在一篇题为《为散文呼吁》的小文中曾提出如下的看法：

　　　　当我们对现代文学史（或称为新文学史，即从 1919年五四时期至 1949 年开国以前这三十年的文学发展史）进行研讨时，就会发现一个看来特殊而实际却非常自然的现象，那就是：我们的现代散文的发展历程同现代诗歌、现代小说和现代戏剧并不完全一样。我们说，新文学运动的形成，在当时特定的历史环境和时代背景下，是从借助于外因，靠横向引进的方式开始的；经过一段时间，才逐渐成为其有我们自己民族特色的文学体系。这是由于在半殖民地半封建社会条件的制约下，我们这个闭关锁国的中华民族意外地遭到了西方文化的冲击，经过一场突变，才逐渐转化为主动地接受新思潮的洗礼，更进而对我们固有的民族文化遗产进行实事求是地评价和继承。而现代文学的出现，正是在那一场突变中的产物。如诗歌，是由古近体格律诗一下子变成自由新体诗的；如戏剧，是由以歌唱为主，以念、做、舞、打等表演技巧为辅的综合性的传统戏曲一下子变成只说不唱的话剧的；如小说，是由以讲唱文艺为基础的长篇章回体和短篇话本体（另外还有一部分更古老的笔记、传奇体）一下子变成以西方风貌为主体的新型小说的。唯独散文，虽说也受到外因的推动或者说受横向引进的影响，但由于它植根于悠久而优秀的历史传统的基础之上，无论其作品的外在形貌和内在的精神实质，毕竟同其他三种文学体裁有较大的差异。而差异最明显的现象就是：我们的现代散文虽然同属于新文学运动的产物，是新型的作品，但它一上来就比较成熟，在它刚刚崭露头角时便已是一位成年人，而不像其他三种体裁的作品，都有一个婴儿学语的幼稚的模拟阶段。所以鲁迅说，在新文学领域中，散文的成就最高。事实也确是如此。五四以来的新型散文在最初阶段显然是超过了当时的诗歌、小说和戏剧的。

所谓"悠久而优秀的历史传统"，即我国古典散文的传统，其中小品文是占很大比重的。特别是五四时期，散文中属于讽刺小品（即通常称作"杂文"的）和抒情小品，又受到前所未有的重视。这当然同新文学坛坫上的作家及其作品有密切关联。当时资格最老、执文坛牛耳的权威人物，应推鲁迅和周作人。鲁迅最初以写小说震撼文坛，但他成就最高的作品还是辛辣而犀利的杂文小品。周作人除在五四初期写过少量新诗外，主要是写各种内容的小品文，从而成为新文学作家中唯一以散文小品知名于海内外的人。大革命失败后，新文学阵营向左右两端分化。进入 20 世纪 30 年代，以周作人、林语堂为代表的一派作家乃大力提倡晚明小品，一时竟蔚然成风，连创造社的元老之一郁达夫，太阳社的阿英，也都起而响应。此外还有施蛰存、刘大杰等，各有晚明小品的选本问世。当时周作人讲中国新文学的源流，把古代文学史上的作家分成载道、言志两派，而小品文的创作，他认为主要是言志派作家的产物。因此，周氏在推崇晚明小品的同时，对所谓载道派的作家（主要是唐宋古文八大家）及其作品基本上是持否定或批判态度的。最能体现周作人的这一观点的是沈启无所编选的两部散文小品专书，即《近代散文抄》和 1937 年以后出版的伪北大的《大学国文》教材。这两部散文选集完全能反映出当时治古典小品文的人们所研究的主要领域和对象。在这里面，除了柳宗元和苏轼成为例外，唐宋八大家中其余的人及其追随者们几乎是见不到名字的。

二

　　我在上中学时就对周作人的散文小品很喜欢，因此对他的美学观点以及当时提倡小品文的风气和倾向也比较乐于接受。及年事稍长，对当时周门弟子俞平伯、冯文炳两位先生的文章就更加喜爱。到 40 年代，终于忝列俞、冯两位先生门墙，对小品文不仅产生兴趣，而且还花费了一定的时间去分析研究古典小品文的发展演变过程。这一段治学经历我曾对章川岛先生谈过，直至十年浩劫发生以前，每与川岛先生晤面，几乎总是以小品文为谈话中心的。

　　但我个人的研究结果却远远不同于周作人的观点。首先，我以为唐宋两次古文运动对我国古典散文的发展是有积极影响的，唐宋八大家的功绩不容轻易否定。这里又存在一个问题，如果说我国古典散文由唐宋两次古文运动的推进而取得决定性的优势，那为什么元明清三朝的正宗古文作者再没有产生出超过唐宋八大家的作品的呢？我们根据什么来说古典散文取得决定性的优势呢？答案是：古典散文的发展优势体现在自宋代开始以迄明清的小品文方面。这是从宋代古文运动的"祖师爷"欧阳修开始的。在欧阳修以前，尺牍、题跋、随笔、札记这类文章，是不为正统的文学家所注意的，也很少有人把这些文章看成文学作品。而欧阳修则不然，在他的全集中，"书"和"短简"是分别开来的，而《集古录跋尾》

和《归田录》，前者不仅是金石考证，后者也不只是稗官笔记，而是都具有一定的文学价值，即其中有不少优美而隽永的小品文章。到苏轼、黄庭坚，这方面就更为突出。苏的《志林》《仇池笔记》，黄的《宜州家乘》，以及他们的尺牍和题跋，都厕足于文学作品之林。到了南宋，范成大的《吴船录》、陆游的《入蜀记》，既是日记，又是游记，当然也都是优美而隽永的小品文。这一传统直接影响到明清两代。公安的三袁，竟陵的钟、谭，明清之际的王思任、张岱、刘侗、于奕正，直至清初的金圣叹、张潮、陆次云，清中叶的袁枚、郑燮，都足以说明我国古典散文正在长足发展。作为古文家，明代的归有光，清代的姚鼐，其尺牍也是单独归为一类，与其文集中其他文体平起平坐的。特别是尺牍和日记，如明代王穉登的《谋野集》，叶绍袁的《甲行日注》，萧士玮的《春浮园日记》等，都单独成为专集。而周亮工的《尺牍新钞》（包括《藏弃》《结邻》两种续钞）和张潮的《友声》，更以搜求、保存朋友的书信为专著，并刻印成书。古典小品文这种由附庸地位上升为独立大国的现象，才是在唐宋两次古文运动影响下直接结成的丰硕果实。

其次，30 年代之所以有不少人提倡晚明小品，不能仅仅视为政治上或文学上的右倾，看成创作和研究工作中的逃避现实。事实上，由于五四新文化包括新文学运动的浪潮的推动，即使在民族文化艺术遗产的研究领域中，也是在逐步开拓、扩展和深入的。过去讲文学史，小说、戏曲是没有席位的；五四以后，小说、戏曲同诗文平起平坐了；诗歌领域中，则自词曲而民歌，也比辛亥革命以前扩展了不少。然则对于古典散文，从群经诸子而史传文学，而唐宋古文，而晚明小品，不也正是在开拓疆域，扩展视野和深入探索么？何况这些小品文中精华甚多，佳作如林，我们怎么能为了泼洗澡水而连孩子也一起泼掉呢！

基于上述看法，我自始至今有两个观点与当时一般治晚明小品文的专家学者们不同，也可以说，同周作人的基本观点存在着分歧。其一，晚明小品是流不是源。研究古典小品文，当然可以从晚明入手，因为那标志着小品文无论在数量上和质量上都达到了一个高峰。但这个高峰不是平地拔起，更不是天外飞来，而是在前代小品文的基础上一步步发展起来的。因此要研究我国古典小品文的发展轨迹，必须从晚明向上考溯。关于这一点，周氏到晚年已有所修正，他连《论语》中的一些短而精的语录也认为有小品文的意味了。实际上就在三四十年代，刘大杰、沈启无等人似乎也都对此有所觉察，只是没有旗帜鲜明地提出来。抗战胜利后，我读到朱光潜先生的《谈文学》（开明书店印行），他在一篇论文中郑重提出，自先秦两汉时代即已存在着比较典型的、既有美学价值也有认识价值的"正宗"小品文了（手头无书，但申大意）。我对这一看法深表同意，因为朱先生讲的道理是颠扑不破的。其二，我一直坚持，即使是唐宋八大家及其追随者，也并非整天板起面孔说教，他们的文集中同样存在着够典型、算得上"正宗"的小品文。诚然，八大家中如曾巩、王安石，其传世的文章属于"正宗"小品文的确实不多；而苏轼原是晚明小品作家的不祧之祖，那是谁也不会否认的。而唐之韩、柳，宋之欧阳修，如果从他们的全集中认真爬梳剔抉，完全可以给他们每个人出一本小品选集。

三

要分析鉴赏古典小品文，必须先把什么是小品文弄清楚。苏轼说他自己写文章"常行于所当行"，"止于所不得不止"，即写文章一定要从肺腑中自然流露，一如天真无邪的赤子，而不宜矫揉造作，更不能无中生有。到明代，李贽更提倡"童心"，袁宏道则拈出"韵""趣"两个标准。"韵"，古人或指神韵，或指韵味，而照我的体会，即文章要有作家自己突出的个性与风格；"趣"则指幽默感和可读性。及清人袁枚论诗，上承袁宏道而昌论"性灵"之说，这"性灵"二字，实际也正是历代上乘小品文所必须具备的"核心"。当年俞平伯先生在北大讲古典诗词，认为一种作品是"作"出来的；另一种则是"写"出来的。用来考察小品文，则这种文章基本上应属于"写"出来的。不过我的看法是，有些好的小品文章同样也需要精心刻意去"作"，才能产生得出来。至于信手拈来的文章，也不见得篇篇都好，其中正不乏率意之作或油腔滑调的下乘作品。这并不能一概而论。因此，我对魏晋南北朝以来的骈体文，并不排斥在小品范畴之外。这部《历代小品大观》也选录了若干骈体文，我以为是有道理的。

我们一提到小品文，首先想到的是抒情小品。既然写小品文要发自"童心"，要有韵有趣，要体现作家的"性灵"，当然它主要的作用是抒情。不过小品文并不排斥记景、叙事，甚至发议论、讲道理的内容，只要在所记、所叙、所论、所讲的内容里面蕴藏着、流露着甚至洋溢着一个作家自己的真实感情，不论是悠悠不尽之情还是热烈奔放之情，是激昂慷慨之情还是抑郁苦闷之情，都应当说是符合小品文的标准和要求的。它们都会具有小品文所应和所能体现的美学特征。这里附带提一句，在 20 世纪 30 年代以后的若干年中，有的人不但不承认杂文是小品，甚至连文学作品都不是（到 50 年代也还有人这样主张）。而我个人则始终认为杂文应当是小品文中的一个重要品种。对这个问题的认识，自全国解放以来已逐渐趋向一致。眼下已很少有人把杂文拒诸小品范畴之外了。

然而我们不能忽略的是，既称为小品文，它必须短小精练，言简意赅。相对地说，篇幅不宜太长。乐毅的《报燕惠王书》和司马迁的《报任安书》，以及诸葛亮的《出师表》和李密的《陈情表》，不能不说是肺腑之言和性灵之作，但由于它们的篇幅长，就不能算作小品文。有的文章虽短，而且具有真知灼见，如柳宗元的《读论语》和王安石的《读孟尝君传》，可是作者在篇中毕竟过多地诉诸理性而不是感情的自然流露，当然也不能居于小品之列。以过去的选本而论，施蛰存先生的《晚明二十家小品》对入选文章的篇幅控制较严，太长的便不选了；而阿英先生的《晚明小品文库》所选的文章，有的便嫌过长。当然，文学作品毕竟不是数学公式，很难给它们划范围、立规矩、定框框；如果规定得过于死板严格，或许反而不科学了。至于把小品文分部类排列，如这本《历代小品大观》的体例，实际上也是一种不得已而为之的办法。反正分了比不分对读者可能更方便些。至于分得是否恰当，不仅出版社及责编同志没有把握，就连撰写文章的作者们也未必敢打包票。这一点还要请读者谅察。

四

最后还想简单地谈一下古典小品文的真伪问题。从鉴赏角度看，只要文章写得好，其真与伪并非主要的。《昭明文选》中选了一篇李陵的《答苏武书》，苏轼早就提出是"齐梁间小儿"所拟作，但这篇《答苏武书》并不失为好文章。在古代小品文中也存在着与此类似的问题。在清初的一个古文选本《古文小品咀华》中，就有王嫱《报元帝书》、汉光武帝《与严子陵书》等短札。王嫱的信显为伪托；就是刘秀的这篇短札，尽管文章写得很好，却既不见于正史，又不见于类书，严可均的《全汉文》也未收入，显然亦为赝鼎。更为普遍流传的是所谓刘禹锡的《陋室铭》，在《刘梦得文集》《外集》中均未收，亦不见于唐人著录，是否刘禹锡的作品很值得怀疑。不过作为小品文，又不能不入选。这部《历代小品大观》所收入的每篇文章都要求注明出处，这是很科学的。倘所选文字有来历不明者，其伪托的可能性就比较大。读者自不妨欣赏其文笔，涵咏其文义，但在引用时就须谨慎从事，以免以伪乱真。

三联书店决定出一部《历代小品大观》，承编辑同志厚爱，让我参与其事，并嘱我写一篇序言。我因过去曾对古典小品文有一段因缘，便贸然答应。我以为，这部辞典不仅对研究、阅读古代小品文有参考价值，也对研究、阅读自五四以来的现代散文起参考借鉴作用。正如我在此序开头所说，现代散文乃是在我国悠久而优秀的历史传统的基础上继承并发展起来的。东汉王充反对人们"知古而不知今"和"知今而不知古"的形而上学方法论，而这部辞典却足以帮助今天的读者在散文方面，特别是小品文方面"通古今之变"，其作用绝对不仅囿于鉴赏范围，而将成为研究古代散文史和现代文学史的辅助读物，因之也颇具文献价值。是为序。

1989年10月初稿，同年12月写完，1990年1月改订讫

北京

后 记

一

这是一本介绍古典诗文发展沿革的常识性的小册子，内容单薄粗浅，而且不够完整。即使其中间或有一点个人的看法和体会，也算不上什么学术著作。因此是否要出版问世，我曾经过反复的思想斗争。承编辑部同志们的好意，说还是可以印出来供读者参考的，这才使我鼓起勇气，厚着脸皮把它交出去了。

写这种常识性文章的目的，我在 1982 年 7 月 20 日发表于《人民日报》的一篇"答读者问"的小文《读书要点、面、线相结合》中曾经谈到。现将全文转录在这里：

> 问：我想学古典文学，但作品浩如烟海，不知从何下手？
>
> 答：这是个老问题了。在青年同志中，不仅业余爱好者有这个问题，连一些中文系学生也往往为此而苦恼。

我想，提这个问题的同志肯定对古典文学是有兴趣的，但更重要的是有决心和信心。锲而不舍，功到自然成。只怕兴趣不专一，信心易动摇，那就难免功亏一篑。

我自己搞古典文学最早也是从兴趣出发的。后来规定了六个字的守则，立志照办：多读，熟读，细读。"多"指数量，亦称之为"博"；"细"指质量，又称之为"精"。但不熟读就谈不到深思熟虑，质量不能保证；倘一味背诵，滚瓜烂熟，却不细心琢磨，也还不免浪费时间精力。所以三者不可偏废。

所谓"多"，必须从"少"积累起来，不可能睡一觉就由文盲变成专家。作品是作家写的，要读作品，不仅要"知人论世"，还得摸清"来龙去脉"，即首先必须了解一个"史"的轮廓。因此我主张读古典文学最好从"线"开始，先知道从古到今一个大致发展演变的过程，然后再顺藤摸瓜去读作品。30年代我上中学时，是从胡怀琛写的一本简陋的文学史（商务印书馆出版）入手的。现在几部较好的文学史著作，部头都太大，只能慢慢来。50年代，王瑶先生写了一本《中国诗歌发展讲话》，对我很有启发。我曾模仿它写了五章《中国小说讲话》。60年代，游国恩等先生在他们写的《中国文学史》（全书共四册）问世之前，先出版了一本《中国文学史大纲》，我认为同志们不妨把它当成读整部文学史的"先行"课本。

　　说到读具体作品，我主张从"面"到"点"，即先从选本入手。有的选本不是断代而是通古今的，那就连"线"也有了。近年出版的各种古典作品选本很多，读者尽可各从所好，但照我看，一本《古文观止》和一本《唐诗三百首》也很够了。要紧的是一定要从头到尾把它读完，能熟读、细读更好，如果连一个选本都读不完（或见异思迁，或久而生厌，或因噎废食……），那下一步就不必谈了。读完后回头想想，自己对这选本中的哪一个作家的哪一类作品最感兴趣？比如说你对李白的古诗比较喜欢，那就把李白的全集找出来读。如果还嫌多，目前《李白选集》已出了好几种，可以先挑一种来读。读完选集再读全集，那自然比一上来就啃全集容易多了。这就从"面"过渡到了"点"上。当然，光读原著还不够，还要把古今中外学者研究这个作家的论著尽量找来读，此之谓"点"中有"面"。你不是喜欢李白的古诗吗？那么，他是继承了谁？后来又影响了谁？这样把一个个作家联系起来分析比较，就是"点"中有"线"了。如此循序渐进，各个击破，逐步由"点"向"线"和"面"延续和扩展，然后通过自己的研究、判断，就会有了个人的心得体会。按照这种点、面、线相结合的办法稳步前进，不但入门不成问题，而且肯定会有不少收获的。

可见我的主导思想是希望通过这一类"说明书"式简单介绍的文章给读者以"线"的观念。继《中国小说讲话》之后，我还写过十章《中国戏曲发展讲话》，已收入我的另一本小书中了。而现在这本小书中关于古典诗歌和古典散文的三篇东西，也无非同前两种一样，想以自己的一知半解为青年读者起个向导作用而已。

二

现在谈谈这三篇《述略》是怎样写成的。

第一篇《古诗述略》，是我 1972 年秋至 1973 年春在北京大学中文系为新闻、文学两个专业编写的讲义。原想从先秦一直写到近代，但因种种客观条件的限制，只印发到唐代以前就中止了，从而这份讲义也就成为残稿。当时学校所以系统地讲授古典文学课程并印发讲义（尽管授课时间少得可怜，讲义也写得十分简陋），是根据周恩来总理要加强基本理论学习的指示进行的，同学们也纷纷有此要求，于是教研室才责成我来做这一工作。然而在讲课和印发讲义的过程中，就已遇到不算太小的阻力，此稿之中断即是一个有力的证明。到了 1973 年末，"四人帮"的爪牙们在北大发动了一次所谓"反右倾回潮运动"，一切付印过的教材都要受到审查。幸而这篇东西只有油印讲义，才得幸免于难，当然更谈不上把它继续写完了。回顾当时，自己是在周总理指示下受到鼓舞鞭策，总算做了点滴工作。这一油印草稿之所以被保存，也不过是为了留个纪念，并非由于它有什么学术价值。现在收在书中，也算有它另一种纪念意义吧。

第二篇《唐诗述略》，原是1957年秋应中央人民广播电台之约撰写的广播稿。后经补充修订，分两次发表在同年的《语文学习》第十一、十二两期上。在撰写过程中，曾参考了闻一多先生的遗著和林庚、王瑶两位先生解放后的著作。当时自以为其中也还不无新意，不是一般的炒冷饭。事隔二十多年，原稿早已散失，直到1978年，才借到重新开放的旧日期刊，把原文过录下来。恰好这与前一篇从文学史的顺序上说是首尾衔接的，便把文字略加删润，一并收在这里。但由于写作时间不同，观点不无出入，文字的风格也不大一致。为了存其本来面目，这里就不再作修改使之整齐划一了。

最后一篇《古典散文述略》，原是60年代我为北大中文系文学专业同学讲授历代散文选课程的一篇导论。初稿曾经过删节，译成英文，发表在当时出口的刊物《中国文学》上；后来为当时的电视大学中文系学员又讲过一次，乃写成文字，发表在电大的一个内部刊物上，是分三次登载完毕的。说来凑巧，没过多久，就有另外一位先生也发表了一篇谈古典散文的文章，其开头的一大段文字，竟同我的话几乎一模一样。我的文章是在内部刊物上发表的，而他的文章却是公开问世的；尽管他可能"参考"了我写的东西（因为我知道，我那份稿子开头的一段话在当时尚没有第二个人谈到过，而那份内部刊物流通面是极广的），我却无权站出来声明这一段文字的原始来历。当然，现在这位先生已是驰名中美的名教授了，这桩公案我似乎也应该忘掉才是。我在此旧话重提，只希望读者不要误以为我是个无耻的抄袭者而已。到1972年，那份电大内部刊物也早已散失；为了给同学印发讲义，我只好分头向当时听课的同学和幸而保存着那种内部刊物的同志借到了笔记和印件，重新写定成现在的这个样子。同样因为当时只是油印讲义，在审查教材时才没有被销毁。今天能收入这本小书，也算是侥幸于万一了。

三

从1957年至1972年，中经十五年；自1972年到今天，一晃又是十年。抚今追昔，感到这四分之一世纪以来自己几乎一无长进，就连1957年那样的文章，现在也已写不出，真是"江郎才尽"了。照理讲，关于古典诗歌部分，我应再写一篇《宋元明清诗歌述略》和一篇《词曲述略》，才算有头有尾，全始全终。但我一直未敢动笔，原因是研究得不够。比如今天文学史界对宋诗的评价就有很大出入。讲得具体一点，像一般文学史上所谈到的北宋诗坛"西昆体"与所谓"反西昆体"的"斗争"问题，我就愈来愈持怀疑态度。又比如我对明清诗文，也有一些个人偏见。我以为明代散文远比清人散文成就高，而明人诗词所达到的水平却远不及清代。以清诗而论，表面现象是拟唐诗与拟宋诗两大流派互为消长（诚然也有专拟汉魏六朝诗的，但对诗坛影响不大），其实还不如像讲宋词一样，把清代诗人归纳为豪放与婉约两派（尽管这种分类法未必科学）更为切合当时诗坛的实际。至于近代诗，对"同光体"究应如何评价，我也很费踌躇。谈到唐宋词，有没有"正宗"是个问题；如有"正宗"，究竟应属豪放派还是归于婉约派，也是一直纠缠不清的。如果把这些研究课题都避而不谈，只根据现有的几本大部头中国文学史加以压缩照搬，那不如不写；要写，总要多少拿出自己一些较有把握的看法。而我目前自问还有许多看法远远不够成熟，作为"一家之言"勉强"争鸣"，尚且未必站得住脚；如果作为一般性常识来向青年读者介绍，那就很可能把偏见说成结论，反而不利于读者进一步去钻研思考了。所以我只有抱着宁缺毋滥的态度，留待将来再说。好在王瑶先生50年代写的《中国诗歌发展讲话》已对古典诗歌的发展历程做了全面论述，读者尽可参考阅读。倘于今后的有涯之年，自己还不免要同这方面的业务打交道的话，我相信总有一天会把那两篇文章写出来的。目前只好请读者多多见谅了。

1982 年 10 月，作者记于北京西郊

重版后记

　　《古典诗文述略》作为一本古典诗文普及读物，曾于1984年、1985年在山西人民出版社印过两次。最近山西教育出版社准备重版此书，问我是否能把唐代以后（自宋至清）的诗歌词曲的概述补足，使它成为一本较完整的读物。说来惭愧，自1985年以来，由于老妻久病，而且病情复杂，有增无减；我自己从1988年以来体力也日益就衰，动辄发烧卧床，医嘱全休。尽管我常年放弃了午休，并在两场病之间仍挣扎着做一些工作，可是时间精力毕竟不允许我系统地、有条不紊地完成一项从头到尾的工作。预定要写的《两宋诗词论稿》迄今仅写成两三篇文章，只好厚着脸皮向出版社提出毁约。因此，这本小册子也只能照原纸型付印，不但对不起出版社的殷勤嘱托，更对不住广大读者的深切期望。不过自己并不甘心就此罢休，只要天假以年，我仍旧想把宋元明清诗歌词曲的概述文章写出来，不让这本小书永远成为"半壁江山"。

　　为了弥补这本小书的缺陷，乃与责编同志协商，在原有的三篇文章后面增加了"附编"，补入三篇有关的文章，供读者参考。第一篇《说"赋"》，可以作为前面谈古诗一篇中有关辞赋一节的补充；第二篇《宋诗导论》，算是唐诗以后的第一个续篇，读者可以通过这篇概述性文章了解我对宋诗以及对元明清诗的粗略看法；第三篇是一篇序文，内容谈的是从古到今的小品文发展概貌，权且作为前面谈散文一篇的旁支吧。总之，这三篇文章基本上仍属于古典诗文述略的范畴，只是体例和角度同前面三篇有些异样，我想，它们如对读者还有些用处，这些细枝末节是会得到读者谅解的。

另外，我还有个想法。这本小书的未完成部分固然应该由我本人把它续完，但读者却不妨别觅他人著作来阅读，依然可以得到一个较完整的概貌。如台湾学生书局1990年出版的《南宋诗人论》（作者胡明，现任中国社会科学院文研所副研究员），山西人民出版社1986年出版的《北宋词坛》（作者陶尔夫，现任黑龙江大学中文系教授），和即将在江苏古籍出版社出版的《清代诗歌史》（作者朱则杰，现任浙江大学中文系副教授）等，我有的读过全书，有的读过原稿，认为他们写得都很好，即使将来我自己写这本小册子的续篇，也要参考并学习他们的著作。他们是中、青年学者，近些年来一直孜孜不倦在学术园地里耕耘着，比起我这日就衰朽的老人有着更多的干劲和新鲜的见解。我没有理由不吸收他们的学术成果。因此才特地向读者们衷心推荐。

1991年2月写于北大中关园寓庐